草世界，花菩提

丁立梅散文精选集

丁立梅 著

東方出版社

花心当如人心,
只要心中有晴天,
便日日晴着。

草世界,花菩提

一花一世界，
一草一菩提

| 目录 | 草世界，花菩提 |

草世界，花菩提

002	水沉为骨玉为肌
006	像菜花一样幸福地燃烧
010	草世界，花菩提
014	满架蔷薇一院香
018	栀子同心好赠人
022	两朵栀子花
026	看荷
030	大丽花
034	一似美人春睡起
037	月季

花向美人头上开

有木名凌霄　　044

那些年，指甲花开　　048

花向美人头上开　　052

天香云外飘　　056

人与花心各自香　　060

满架秋风扁豆花　　064

菊有黄花　　068

菊事　　072

华丽缘　　076

富贵竹　　080

才有梅花便不同　　083

目录 草世界，花菩提

一壶春水漫桃花

090	槐花深一寸
094	看花
098	自是花中第一流
102	薄荷，薄荷
106	光阴如绣，蔓草生香
112	在梅边
117	一壶春水漫桃花
121	听荷
125	胭脂
129	染教世界都香
133	鸟窝·菊花

一枝疏影待人来

老枣树	140
花香缠绕的日子	144
人间四月天	149
桃花流水窅然去	153
一枝疏影待人来	160
彼岸花	165
蒲	170
香菜开花	175
合欢	179
花池里的扁豆	183
红纱满桂香	187

| 目录 | 草世界，花菩提 |

花间小令

194	花间小令
201	温暖的苇花
205	有美一朵，向晚生香
209	棉花的花
215	豌菜头
219	荠菜卿卿
223	艾草香
227	任性的水仙
231	老人与花
235	一朵栀子花
239	草的味道

生命的高贵与卑微，
本是相对的。
纵使不幸卑微成一株杂草，
通过自己的努力，
也可以让命运改道，
活出另一番景象。

草世界，花菩提

草世界，花菩提

水沉为骨 玉为肌

街上的花店里，有水仙球卖的时候，我买了两个。

家里有两只很漂亮的水仙花盆，田螺的形状，青釉的，古典得很。这是一个朋友从陕西带回来的。陕西多古董，我便认定了这两只花盆也是古董。每年的冬天，我都会买了水仙来陪它们。只需一泓清水，装上水仙，两只"田螺"便立时灵动起来，远古的气息，穿云破雾而来。

看水仙在"田螺"的背上生长，是一件十分有趣的事情。眼看着它从白色的鳞根处，冒出一点一点的嫩黄。心里面知道，那是长叶了。把它搁窗台上，那儿是阳光最为充足的地方。每日里，我时不时地跑过去看看。阳光下，它嫩黄的芽上，已泛出一

草世界，花菩提

汪淡绿来。渐渐地，抽叶了。渐渐地，叶片丰满起来。再过两日，我在它肥厚的叶下，居然寻到了花苞苞。它是什么时候打苞苞的呢？不知。生命的成长，总是在不知不觉中完成的，让人惊叹。

我数了数，一盆里有花苞苞四个，一盆里有五个。它们起初不过绿豆儿大小，像极了爱玩捉迷藏的孩子，躲在叶下，躲过我们的视线，一个人低了头在那儿咪咪笑。后来，"绿豆儿"一点一点膨胀，鼓鼓的，像怀孕的妇人。里面的孩子迫不及待要出来，撑不住了，就快撑不住了。

这之后的一天，我晚下班，刚刚推开家门，冷不防，就被馨香抱了个满怀。我连忙跑去窗台边，两只"田螺"里的水仙，已全然绽放。花朵紧挨着花朵，气息甜美。它们粉着一张小脸蛋，翠衣翠裙，于凌波之上曼妙。

我脑子里不由得跳出黄庭坚写它的诗句："借水开花自一奇，水沉为骨玉为肌。"果真是水沉为骨玉为肌啊！柔嫩的花瓣，恰如水做的骨肉、玉雕的肌肤。凝视的眼神便一醉再醉，索性把它捧至床头，睡里梦里，便都是它的香了。

看过有关水仙的西方传说，说水仙是由一孤芳自赏的少年变的。少年生得英俊飘逸，他非常爱惜自己的容貌，常常临水自照，把自己当花一样欣赏。一天，他又在河边揽水自照，却不幸溺水身亡。他死后，魂魄不肯离去，遂变成水仙。

我喜欢这个传说，少年终于圆了他的梦。从此，他的美与水共存。

然水仙不单单在水里面才能生长。一天，在一家花店，我看到许多水仙被装在泥盆里，妍妍而开，模样娇憨得很。仿佛仙子落凡尘，别有一番风韵。问及，说是把开过的水仙，连根埋到土里，来年的这个时节，它会重新长出来。

回家，半信半疑地，把开过的水仙，埋到屋角后。一年的时间，早已淡忘了这样的事，根本就没留意过，那屋角后的泥土里，原是埋着水仙的魂的。某天下班归来，鼻翼处突然绕了馨香，缕缕不绝，在冷而湿的空气里飘拂。

寻去，屋角处，不知何时，水仙已婷婷。像邻家的小女孩，于不经意间，就长成了一个窈窕的大姑娘了。

草世界，花菩提

佳句精选

◇◇ 阳光下，它嫩黄的芽上，已泛出一汪淡绿来。渐渐地，抽叶了。渐渐地，叶片丰满起来。再过两日，我在它肥厚的叶下，居然寻到了花苞苞。它是什么时候打苞苞的呢？不知。生命的成长，总是在不知不觉中完成的，让人惊叹。

◇◇ 一年的时间，早已淡忘了这样的事，根本就没留意过，那屋角后的泥土里，原是埋着水仙的魂的。某天下班归来，鼻翼处突然绕了馨香，缕缕不绝，在冷而湿的空气里飘拂。

005

幸福地燃烧 | 像菜花一样

油菜花开了，不多的几棵，长在人家屋檐下的花池里。这是城里的油菜，绝对不是长着吃的，而是长着看的。

跟那人说："菜花开了呢。"那人一脸惊喜，说："找个时间看菜花去。"这是每年，我们的出行里，最为隆重的一节。

不知什么时候起，城里人兴起看菜花热，每年春天，都成群结队地，追到城外看菜花。一些地方的菜花，因此出了名。譬如江西婺源的菜花，云南罗平的菜花。

有一年秋，我对婺源着了迷，收拾行装准备去。朋友立即劝阻，说："你现在不要去呀，你等到春天再去呀，春天才有菜花可看呢。"笑着问他："婺源的菜花，怎样的好看？"他说：

草世界，花菩提

"一望无际燃烧呀，就那样燃烧呀。"

笑。哪里的菜花，不是这样燃烧着的？所有的菜花，仿佛都长了这样的一颗心，热情的，率真的。一朝绽开，满腔的爱，都燃成艳丽。有坡的地方，是满坡菜花；有田的地方，是满田的菜花。整个世界，亲切成一家。

我是菜花地里长大的孩子。故乡的菜花，成波成浪成海洋。那个时候，房是荡在菜花上的。仿佛听到哪里噼啪作响，花就一田一田开了。大人们是不把菜花当花的，他们走过菜花地，面容平静。倒是我们小孩子，看见菜花开，疯了般地抛洒快乐。没有一个乡下的女孩子，发里面没有戴过菜花。我们甚至为戴菜花，编了歌谣唱："清明不戴菜花，死了变黄瓜。"现在想想，这歌谣唱得实在毫无道理，菜花与黄瓜，哪跟哪呀。可那时唱得快乐啊，蹦蹦跳跳着，死亡是件遥远而模糊的事，没有悲伤。一朵一朵的菜花，被我们簪进发里面，黄艳艳地开在头上。

也去扫坟。那是太婆的坟，坟被菜花围着，是黄波涛里荡起的一斗笠。想太婆日日枕着菜花睡，太婆是幸福的吧。感觉里，不害怕。

这个时候，照相师傅背着照相器材下乡来了。他走到哪个村子，哪个村子就过节般地热闹。女人们的好衣服都被翻出来了，穿戴一新地等着照相。背景是天然的一片菜花黄，衬得粗眉粗眼的女人们，一个个娇媚起来。男人看女人的目光，就多了很多温热。我祖母是不肯我们多多拍照的，说那东西吸血呢。但她自己却忍不住也拍了一张，端坐在菜花旁，脸笑得像朵怒放的菜花。

读过一首写菜花的诗，极有趣："儿童急走追黄蝶，飞入菜花无处寻。"诗里，调皮的孩子，追逐着一只飞舞的蝴蝶。蝶儿被追进菜花丛，留下孩子，盯着满地的菜花寻找，哪一朵菜花是那只蝶呢？

张爱玲的外国女友炎樱，曾说过一句充满灵性的话："每一个蝴蝶，都是从前的一朵花的鬼魂，回来寻找它自己。"若果真如此，满世界的菜花，该变成多少的蝶？这实在是件美极的事。

菜花开得最好的时候，我选了一个大晴天，和那人一起去乡下看菜花。一路观着菜花去，一路看着菜花回，心情好得跟菜花似的，幸福地燃烧。这个时候想的是，就算生命现在终止，我们也没有遗憾了，因为我们深深爱过，那一地的菜花黄。

佳句精选

◇◇ 所有的菜花，仿佛都长了这样的一颗心，热情的，率真的。一朝绽开，满腔的爱，都燃成艳丽。有坡的地方，是满坡菜花；有田的地方，是满田的菜花。整个世界，亲切成一家。

◇◇ 故乡的菜花，成波成浪成海洋。那个时候，房是荡在菜花上的。仿佛听到哪里噼啪作响，花就一田一田开了。

◇◇ 也去扫坟。那是太婆的坟，坟被菜花围着，是黄波涛里荡起的一斗笠。想太婆日日枕着菜花睡，太婆是幸福的吧。感觉里，不害怕。

◇◇ 菜花开得最好的时候，我选了一个大晴天，和那人一起去乡下看菜花。一路观着菜花去，一路看着菜花回，心情好得跟菜花似的，幸福地燃烧。

草世界，花菩提

初识它，是在一册诗书里。

原是坊间小曲，被人吟唱。后被文人推崇，成词牌名，按韵填词，名扬天下。从远唐，一路逶迤而来，一唱三叹，缠绵旖旎。

我仿佛瞥见，大幅的屏风，上面栖息着大朵的花，牡丹，或是芍药。屏风后，美人如水，怀抱琵琶，浅吟低唱着——虞美人。她葱白的手指，轻拢慢捻，一曲更一曲。

月升了，夕阳斜了，美人的发，渐渐白了。

女人的年华，原是经不起寂寞弹唱的，弹着弹着，也便老了。

草世界，花菩提

后来，我识得一种花，叶普通，茎普通，花却浓烈得让人惊异。血红，红得似天边燃烧的霞。单瓣，薄薄的，如绫如绸。它们在一条公路边盛开，万众一心。公路边还长了低矮的冬青树，里面夹杂着几株狗尾巴草。让人一喜，分明就是曾经的熟识啊！

我停在那儿，等车。车迟迟不来。

那是异乡。我因了几株狗尾巴草，不觉异乡的陌生与疏离；又因了一朵一朵殷红的花，不觉等待的焦急与漫长。

我的眼光，久久停在那些殷红上，它们腰身纤细，脸庞秀丽，薄薄的花瓣，仿佛无法承载内心的情感，无风亦战栗。很像古时女子，羞涩见人，莲步轻移。

寻问一当地路人："请问，这是什么花？"路人瞥一眼，说："虞美人啊。"许是见多了这样的花，他不觉惊异，回答完我的话，继续走他的路。

他完全不知，他的一句"虞美人啊"，在我心中，激起怎样的狂澜！

看着眼前的花，想着它的名，远古的曲子，不由分说地，在我耳畔轻轻弹响：是李后主的"春花秋月何时了，往事知多少"；是周邦彦的"柳花吹雪燕飞忙。生怕扁舟归去、断人肠"；是苏东坡的"夜阑风静欲归时，惟有一江明月碧琉璃"；是纳兰性德的"残灯风灭炉烟冷，相伴唯孤影"。

人生最难消受的，是别离。是虞姬且歌且舞，泣别项羽。这个楚霸王最爱的女人，当年风光时，她与他，应是人成对，影成双。垓下一战，楚霸王大势尽去，弱女子失去保护她的翼。男人的成败，在很多时候，左右着女人的命运。她拔剑一刎，都说为痴情。其实，有什么退路呢？她只能，也只能，以命相送。传说，她身下的血，开成花，花艳如血。人们唤它，虞美人。

真实的情形却是另一番的，此花原不过田间杂草，野蒿子一样的，贱生贱长，不为人注目。然它，不甘沉沦，明明是草的命，却做着花的梦。不舍不弃，默默积蓄，终于于某天，疼痛绽放。红的，白的，粉的，铺成一片。瓣瓣艳丽，如云锦落凡尘。人们的惊异可想而知，它不再被当作杂草，而是被当作花，请进了花圃里。有人叫它丽春花。有人叫它锦被花。还有人亲切地称它，蝴蝶满园春——春天，竟离不开它了。

生命的高贵与卑微，本是相对的。纵使不幸卑微成一株杂草，通过自己的努力，也可以让命运改道，活出另一番景象。

草世界，花菩提

佳句精选

◇◇ 月升了，夕阳斜了，美人的发，渐渐白了。

◇◇ 女人的年华，原是经不起寂寞弹唱的，弹着弹着，也便老了。

◇◇ 生命的高贵与卑微，本是相对的。纵使不幸卑微成一株杂草，通过自己的努力，也可以让命运改道，活出另一番景象。

满架蔷薇 一院香

迷恋蔷薇，是从迷恋它的名字开始的。

乡野里多花，从春到秋，烂漫地开。很多是没有名的，乡人们统称它们为野花。蔷薇却不同，它有很好听的名字，祖母叫它野蔷薇。野蔷薇呀，祖母瞟一眼花，语调轻轻柔柔。臂弯处挎着的篮子里，有青草绿意荡漾。

野蔷薇一丛一丛，长在沟渠旁。花细白，极香，香里，又溢着甜，是蜂蜜的味道。茎却多刺，是不可侵犯的尖锐。人从它旁边过，极易被它的刺划伤肌肤。我却顾不得这些，常忍了被刺伤的痛，攀了花枝带回家，放到喝水的杯里养着。

一屋的香铺开来，款款地。人在屋子里走，一呼一吸间，都缠绕了花香。年少的时光,就这样被浸得香香的。成年后,我偶在一行文字里,看到这样一句:"吸进的是鲜花,吐出的是芬芳。"心念一转,原来,一呼一吸是这么地好,活着是这么地好,我不由得想起遥远的野蔷薇,想念它们长在沟渠旁的模样。

后来我读《红楼梦》,最不能忘一个片段,是一个叫龄官的丫头,于五月的蔷薇花架下,一遍一遍用金簪在地上画"蔷"字。在那里,爱情是一簇蔷薇花开,却藏了刺。但有谁会介意那些刺呢?血痕里,有向往的天长地久。想来世间的爱情,大抵都要如此披荆斩棘。甜蜜的花,是诱惑人心的狐。为了它,可以没有日月轮转,可以没有天地万物。就像那个龄官,雨淋透了纱衣也不自知。

对龄官,我始终怀了怜惜。女孩过分地痴,一般难成善果。这是尘世的无情。然又有它的好,它是枝头一朵蔷薇,在风里兀自妖娆。滚滚红尘里,能有这般爱的执着,是幸运,它让人的心,在静夜里,会暖一下,再暖一下。

唐人高骈有首写蔷薇的诗,我极喜欢:

绿树阴浓夏日长,楼台倒影入池塘。
水晶帘动微风起,满架蔷薇一院香。

草世界，花菩提

天热起来了，风吹帘动，一切昏昏欲睡。却有满架的蔷薇，独自欢笑，眉眼里，流转着无限风情。哪里经得起风吹啊？轻轻一吹，散开的，是香。再轻轻一流转，散开的，还是香。一院的香。

我居住的小城，蔷薇花多。午后时分，路上行人稀少，空气都是懒懒的。蔷薇从一堵墙内探出身子来，柔软的枝条上，缀满一朵一朵细小的花。花粉红，细皮嫩肉的样子。此时此刻，花开着，太阳好着，人安康着，心里有安然的满足。

草世界，花菩提

佳句精选

◇◇ 野蔷薇一丛一丛，长在沟渠旁。花细白，极香，香里，又溢着甜，是蜂蜜的味道。

◇◇ 一屋的香铺开来，款款地。人在屋子里走，一呼一吸间，都缠绕了花香。年少的时光，就这样被浸得香香的。

◇◇ 想来世间的爱情，大抵都要如此披荆斩棘。甜蜜的花，是诱惑人心的狐。为了它，可以没有日月轮转，可以没有天地万物。

◇◇ 哪里经得起风吹啊？轻轻一吹，散开的，是香。再轻轻一流转，散开的，还是香。一院的香。

◇◇ 午后时分，路上行人稀少，空气都是懒懒的。蔷薇从一堵墙内探出身子来，柔软的枝条上，缀满一朵一朵细小的花。花粉红，细皮嫩肉的样子。

栀子同心好赠人

在同事的办公桌上,发现花一朵,确切地说,是花骨朵儿一枚。惊喜地问,这不是栀子花吗?

——当然是栀子花。虽还是花骨朵儿,那香气,已染得满指皆是。同事慷慨地说,送你吧,回去养水里,慢慢开,连水都是香的。

还有叶也是香的,茎也是香的,骨头也是香的——整个的魂,都是香的。

这就是栀子花,香不惊人死不休。整个一浓妆艳抹的女子,风情都浸到骨子里了。却不惹人轻视,大俗即大雅。只是能把大俗变成大雅的,不是人人都能做到。对花来说,亦如是。

草世界，花菩提

  这是栀子花的本事。乡下老太太，对别的花花草草们，都熟视无睹着，唯独对栀子花，却表现出小女孩的惊喜来，哎哟，是栀子花呀。她们把它别在衣襟上，戴在发间，欢喜着，珍爱着，走远了的一颗少女心，又回转了来。看到的人会发出会心的一笑，没有人对此评头论足，大家都纵容着对栀子花的这份喜爱。

  亲眼见过一老太太交代后事。其时她已病入膏肓，气息奄奄。她家院子内的栀子花，却开得蓬蓬勃勃，浓香扑鼻。她再三对守在身边的女儿说，她走的时候，一定要帮她把头发梳直了，要戴那顶红帽子，要记得摘几朵栀子花放她身边——人生走到尽头，不肯丢下的，还是体面和尊严。这体面和尊严，是世间最生动的美。

  而栀子花无疑是美的。

  一首歌里唱，栀子花，白花瓣。只这一句，它的清丽，已呼之欲出。而早在唐朝，就有个叫王建的诗人，把栀子花的美，写得入骨三分，"妇姑相唤浴蚕去，闲看中庭栀子花"。瞧瞧，庭院里的一棵栀子开花了，害得忙着去采桑浴蚕的姑嫂，一时间竟忘了要去做的事了，止住了匆忙的脚步。她们是先闻见栀子花的香的吧，如同打翻了香料瓶，洒得满庭院皆是。咦，是栀子花开了么？她们且惊且喜道。该是活泼的小姑子眼睛尖，在那肥绿的叶间，先发现了像一朵白云似的花朵，她忍不住一声惊叫，呀，真的是栀子花开了呀。立刻引得嫂子伸长了脖颈来看。白日头长长的，风吹得人发软。花与人，就那么相看两不厌。

这是俗世里的小温情。它给辛苦忙碌的心，抹上了一抹浓香，如嘉奖。寻常的人生，因此活出了欢喜，活出了滋味。

还是唐朝人，韩翃对栀子花，有着另一番深情，"葛花满把能消酒，栀子同心好赠人"。男人相聚的最高境界是，有酒有诗，还要有花。葛花用来消酒，千杯不醉。栀子用来赏心悦目，馈赠知音。有说栀子花又叫同心花的。真是爱极这同心一说，它让送的人欢喜，收下的人亦欢喜。

宋词里有"与我同心栀子，报君百结丁香"之句，动了情的男女，拿花来表情达意，你若送我栀子，我必报君丁香。这里的栀子，与爱情挂上了钩。爱情浓艳若此，怎不叫人迷醉？

草世界，花菩提

佳句精选

◇◇ 这就是栀子花，香不惊人死不休。整个一浓妆艳抹的女子，风情都浸到骨子里了。却不惹人轻视，大俗即大雅。

◇◇ 人生走到尽头，不肯丢下的，还是体面和尊严。这体面和尊严，是世间最生动的美。

◇◇ 白日头长长的，风吹得人发软。花与人，就那么相看两不厌。

◇◇ 这是俗世里的小温情。它给辛苦忙碌的心，抹上了一抹浓香，如嘉奖。寻常的人生，因此活出了欢喜，活出了滋味。

两朵栀子花

书房内放有两朵栀子花,是前晚在外吃饭时一朋友送的。朋友先送我一朵,吃完饭,又从上衣口袋里小心地掏出一朵来,笨拙地,像护着一只小小的蝶。我极感动,一个大男人,把花藏在口袋里。这样的细节,特动人,顶得上千言万语。又,能让一个男人,以如此喜爱的方式藏在口袋里的,大概只有栀子花了。

我对栀子花怀有特殊的感情,这种感情缘于我的乡下生活。我童年最香的记忆,是有关栀子花的。那时,乡下人家的院子里都栽有一小棵栀子树的,也无须特别管理,只要一抔泥土,就长得枝叶葱茏的了。

一进六月,满树馥郁,像打翻了香料瓶子似的,整个村庄都

草世界，花菩提

染了香了。一朵一朵的栀子花，歇在树上，藏在叶间，像刚出窝的洁白的小鸽子，暗香浮动。女孩子们可喜欢了，衣上别着，发上戴着，跑哪里，都一身的花香。虽还是粗衣破衫地穿着，但因了那一袭花香，再平常的样子，也变得柔媚千转。

我家院子里也长有一棵，每到栀子花开的时节，我和姐姐，除了在衣上别着，发上戴着，还把它藏袖子里，挂蚊帐里，放书包里。甚至，把家里小猫尾巴上也给系上一朵。那些栀子花开的日子，快乐也如一树的香花开。

早些天，在菜市场门口，我就望见了栀子花的。一朵一朵，栖落在篾篮里，如白蝶。旁边一老妇人守着，在剥黄豆荚。老妇人并不叫卖，栀子花独特的香气，自会把人的眼光招了去。就有脚步循了花香犹疑，复而是低低的一声惊呼，呀，栀子花呀。声音里透出的，全是惊喜。买菜找零的钱，正愁没处放，放到老妇人手上，拣上几朵栀子花，香香地招摇。

我也在篾篮前止了步，看篮子里的花朵，那些小白蝶一样的花朵，我真想它们都能有双翅膀。老妇人抬头看我一眼，笑道，这是栀子花呢。我点头，没有告诉她，这是我记忆里的花啊。那天，我没买花，我想着它们能飞翔的事。它们从我的从前，飞到现在，还会飞到未来去。

现在，朋友送的两朵栀子花在书房，伴我已有两天了，原先凝脂样的白，已渐渐染了淡黄，继而深黄，继而枯黄。但花香却一点没变,还是馥郁绕鼻,一推开书房门就能闻到。

　　这世上,大概没有一种花,能像栀子花一样,香得如此彻底了,纵使尸骨不存,那魂也还是香的,长留在你的记忆里。打电话回家,问母亲院子里的栀子树是否还在。母亲笑说,开一树的花了,全被些小丫头摘光了。眼前便晃过乡村的田野,晃过田野旁的小径,一群小丫头奔跑着,发上戴着洁白的栀子花,衣上别着洁白的栀子花,还在衣兜里装了吧?还在衣袖里藏了吧?

　　上网去,碰巧读到一解读花语的帖子,其中栀子花的花语挺有意思,那花语是:喜欢此花的你有感恩图报之心,以真诚待人,只要别人对你有少许和善,你便报以心的感激。

草世界，花菩提

佳句精选

◇◇ 我极感动，一个大男人，把花藏在口袋里。这样的细节，特动人，顶得上千言万语。

◇◇ 一进六月，满树馥郁，像打翻了香料瓶子似的，整个村庄都染了香了。一朵一朵的栀子花，歇在树上，藏在叶间，像刚出窝的洁白的小鸽子，暗香浮动。

◇◇ 那些栀子花开的日子，快乐也如一树的香花开。

◇◇ 这世上，大概没有一种花，能像栀子花一样，香得如此彻底了，纵使尸骨不存，那魂也还是香的，长留在你的记忆里。

看荷

一到夏天，我就急不可耐吵那人，看荷去，看荷去。

公园里，原先有的。一方小水域里，植了百十株。每逢夏至，那片池，便成了荷的天下，碧绿的叶，红粉的花，舞尽风情。

后来，荷却不见了，连一片叶子也瞧不见了。原先长荷的地方，泊着孩子们玩的小汽艇。盛夏里走过那里，一池的水在寂静。我以为，它在怀念荷。

去别处看看吧。听人说，某单位有。大院子中央，水泥浇筑的小池子里，栽了十来株，花开也婷婷。寻去，极负责的门卫阻拦，看着我问："干什么呢？"我语急，慌不择词："找人。"

"找谁？"他不依不饶。

答不出，只好实话实说："我想进去看荷。"

"看荷？"门卫狐疑地打量我，他肯定从没遇到过，以这样的理由，堂而皇之想进他们单位的。他没有放行。

我从铁栅栏外，遥瞥见一抹红，我猜，是荷吧。心里念着，荷，我来看过你了。想起画家张大千的话来："赏荷，画荷，一辈子都不会厌倦！"荷担当得起这样的喜欢。

那人驱车带我去邻近的兴化市，我终得以与荷重逢。公路两侧，乡野广阔，小小的水塘，大大的水塘，里面散落荷无数。雨后清凉，花打落不少，却有圆圆的叶，很随意地铺在水面上。每片叶上，都汪着一捧的晶莹，是一颗大大的心。诗人杨万里形容得好："却是池荷跳雨，散了真珠还聚。聚作水银窝，泻清波。"果真的泻清波啊！

附近劳作的农人，伸手遥指远处一丛芦苇，笑着告诉我们："那后面还有更多的藕呢，藕花开得也多。"他不说荷，他说藕，这等叫法，有骨子里的亲近。他才是真正亲荷的人。

农人慷慨地要借了小船给我们，让我们划过去看。我们谢绝了他的好意。还是不打扰荷的清静吧，就这样站在水塘边，看着也好。天空高远，大地澄清，荷们独自舞蹈。花多以白色为主，凝脂一般的。间或有一点两点的红，俏立在青绿细高的茎上，红唇微启，是花骨朵儿。最有看头的，还数那些圆润的荷叶，它们是水面上盛开的绿的花朵。

问农人:"每年都长吗?"农人答:"每年都长呢,我们这里水多,盛产藕。"听了,由衷高兴,这是荷的幸运,也是农人的幸运。如此,年年相会。

想起我在念中学的时候,有女同学家在小镇附近,家里种了成亩成亩的荷。她是这样相邀的,去我家吃藕啊。花开时节,站她家田埂旁,张眼望去,满田碧绿的底子上,跳出一朵一朵的雪白和粉红,美得惊天动地。她不在意,她的父母不在意,他们采藕,清炒了吃,煨了汤吃,包了饼子吃。甚至,生吃。清水里洗一下,拿刀刮刮,一口咬下去,脆香。那里面附着荷花的魂呢。

好多年了,那个女生的姓名,我早已忘了。可是她的样子,却清晰地记得:胖胖的,有着藕一样雪白的肌肤。她的身后,荷花遍地。

佳句精选

◇◇ 雨后清凉，花打落不少，却有圆圆的叶，很随意地铺在水面上。每片叶上，都汪着一捧的晶莹，是一颗大大的心。

◇◇ 花多以白色为主，凝脂一般的。间或有一点两点的红，俏立在青绿细高的茎上，红唇微启，是花骨朵儿。最有看头的，还数那些圆润的荷叶，它们是水面上盛开的绿的花朵。

◇◇ 花开时节，站她家田埂旁，张眼望去，满田碧绿的底子上，跳出一朵一朵的雪白和粉红，美得惊天动地。

◇◇ 清水里洗一下，拿刀刮刮，一口咬下去，脆香。那里面附着荷花的魂呢。

大丽花

大丽花是祖父种的。

据说祖父年轻时是个好玩的角色,听戏,扎风筝,侍弄花草……等我有了记忆,祖父已是祖父了——一个严肃的小老头儿。世事历尽沧桑,曾经的繁华和热闹,已成了他偶尔眯起眼睛时,打的一个盹了。他种的花花草草,也只剩下大丽花。

大丽花是长在屋檐下的,大门的两侧,左边一丛,右边一丛。花开的时候,人从大门口进进出出,就在大丽花的左环右抱之中了。玫瑰红的一朵朵,深深浅浅。映衬得我们的粗布衣衫,也有了别样的动人。

那花,不香,但极艳丽,硕大。花开得最好的时候,有碗口那么大。小而扁圆的花瓣儿，重重叠叠，吐出一层是艳丽，再来一层，还是艳丽。如年华正好的女子，随意一个眼波流转，都堪称惊艳。

祖母叫不出来大丽花的名，老是把它唤成大米花。这叫法实在有趣，让人暖暖地想，是一粒大米掉在地上开了花呀。表情严肃的祖父，听祖母如是叫，会笑呵呵地说她，真笨。祖母回他，你才笨。这是记忆里，他们最具温情的对话。

村人们也喜欢这么叫，大米花大米花的，仿佛唤自家女儿。他们走过我家门口，看到那艳艳的一朵朵花，会情不自禁对我祖父说一声："四爹，你家的大米花，开得真好看呀。"祖父的脸，便大丽花一样盛开了，开心地看上花两眼，然后背着手在门口转悠，很自得的样子。

也难怪祖父会得意了，村里其他人家都没有大丽花，单单我家有。我家因有了大丽花，便显出有点与众不同来。村里的女孩子们，都爱在我家门口转，为的是得到一朵两朵的大丽花。她们把花戴到发梢上，美滋滋地迎着风跑。

一天，一个收破烂的从我家门口过，四五十岁的大男人，竟目不转睛盯着我家门口的大丽花看半天，而后叹一声，多好看哪。祖母是个心肠特别好的人，见人家如此喜欢，就掐一朵送过去。那男人高兴地接了，把它插在车把上，红艳艳的一大朵大丽花，就开在男人的车把上了。男人骑着车，继续去收他的破烂，却与先前有些不一样了，笑是荡在眉间的，一朵花在风中开着，惹得看见的人，也不由自主跟着笑。

我家的大丽花，后来因房子拆迁，消失了。

某天，我翻找一份资料，竟看到久违的大丽花，红红白白地，开在一幅图片上。旁有文字介绍，说大丽花又称"大理菊"，原产墨西哥，有各种花色。白的大丽花我没见过，我固执地以为，玫瑰红的那一朵朵，才是最最美丽的。就像风中车把上开着的那一朵，一直灿烂在我童年的记忆里。

佳句精选

◇◇ 花开的时候，人从大门口进进出出，就在大丽花的左环右抱之中了。玫瑰红的一朵朵，深深浅浅。映衬得我们的粗布衣衫，也有了别样的动人。

◇◇ 花开得最好的时候，有碗口那么大。小而扁圆的花瓣儿，重重叠叠，吐出一层是艳丽，再来一层，还是艳丽。如年华正好的女子，随意一个眼波流转，都堪称惊艳。

◇◇ 祖母叫不出来大丽花的名，老是把它唤成大米花。这叫法实在有趣，让人暖暖地想，是一粒大米掉在地上开了花呀。

◇◇ 男人骑着车，继续去收他的破烂，却与先前有些不一样了，笑是荡在眉间的，一朵花在风中开着，惹得看见的人，也不由自主跟着笑。

一似美人春睡起

　　喜欢美人蕉这花名。花用美人命名，暗地里便生了软香。读过一首写美人蕉的诗："芭蕉叶叶扬瑶空，丹萼高攀映日红。一似美人春睡起，绛唇翠袖舞东风。"端的是翠袖红装，极尽妩媚。

　　花却不似美人般娇贵，它随处可以长，极具大众化。

　　那年去珠海，满城都是美人蕉。后来我坐车去荒郊野外，见得最多的，也是美人蕉。在路旁，在野地里，不管不顾地盛开着，大把大把地艳着。

　　归来时，路过韶关，去看在那里定居的伯伯一家。伯伯早些年也在我们苏北乡下住，生有一儿，即我的堂哥。堂哥成年后，做乡村代课教师，娶妻生子。以为这样的美满会终老，但堂哥和堂嫂在婚姻里有了诸多不合，堂嫂爱上了别人。这对一个男人来说，是极具羞辱性的。堂哥一气之下，远离家乡外出求学，辗转到广东。其间，他睡过码头、桥洞，去工地上扛过水泥包。

那时，堂哥写信回家，伯伯每读一回，都要哭一回。后来，堂哥考上大学，学成归来，四里八乡都震动了。但堂嫂还是不待见他，带了孩子，跟了她喜欢的人去。从此，家乡对于堂哥来说，是块伤心地，却还要魂牵梦萦地想。遇到家乡人去，必问家里情况。问及他的孩子，留下话来，随孩子的愿，等孩子成年了，如果想来认他这个父亲，他随时敞着门的。这话听来让人唏嘘，人世间，就有这样的不完满，谁能说得清？

伯伯年纪一年大似一年，被堂哥接到韶关去，扔了家里的四合院。看到我，伯伯欢喜得围着我转，这人那人的，凡他熟悉的，都问了个遍。末了，叹息一句："院子里的草，怕是长很高了，屋后的美人蕉，怕是也开花了。"

堂哥家的阳台上，摆满美人蕉，一盆一盆的，花开得艳艳的，有红有黄，热闹得有些寂寞。我不知怎么安慰伯伯，就跳过去看花，我说这美人蕉，开得可真漂亮啊。

我回家时，伯伯用报纸包了一团东西，塞到我的箱子里。我问："什么呀？"伯伯孩子气的狡黠，说："现在不许看，回家看，包你喜欢。"他送我到门外，抬袖抹泪，说："再来啊，再

草世界，花菩提

来啊。"

　　一天一夜的火车，我到家，展开包着的报纸，竟是一株开得好好的美人蕉。

佳句精选

◇◇ 喜欢美人蕉这花名。花用美人命名，暗地里便生了软香。

◇◇ 后来我坐车去荒郊野外，见得最多的，也是美人蕉。在路旁，在野地里，不管不顾地盛开着，大把大把地艳着。

◇◇ 堂哥家的阳台上，摆满美人蕉，一盆一盆的，花开得艳艳的，有红有黄，热闹得有些寂寞。

月季

　　花里面，月季的名字，是比较土的一个。它的花期极长，除了隆冬，几乎月月开花，季季芳香，干脆就叫了月季。这好比乡下人家，生的孩子多，丝瓜藤上结着的丝瓜般的，一个挨一个，也就不那么"重视"了。孩子哇哇啼哭着出来，又是一丫头片子。做娘的虚弱地说："给娃儿取个名吧。"做爹的瞟一眼，顺嘴丢出个名儿来，就叫小草吧。叫菊花吧。叫叶子吧。

　　命贱吧？是的，有点。家徒四壁，从小缺衣少食，泥地里滚着爬着，被风吹着揉着，被太阳烤着晒着，皮肤粗糙黝黑。可是，却特别皮实，连小感冒小头疼也极少。这样的孩子，容易成长，且长大后，经得起岁月磨难，纵使遇到再大的坎，她也能咬

草世界，花菩提

咬牙跨过去，心怀感恩，尽力吐露出生命的芬芳。

月季如人，也是这般地命贱，却顽强。那时，放学的路上，要经过一苗圃，里面长满花草。常有花探出墙头，逗引着我，冲我妖娆地笑。于是有那么一天，我趁人不备，很不女生地翻越墙头，爬过围墙去。好大的地方啊，足足有好几亩地。叫不出名字的花真多，但一眼认得月季的，颜色极是出色，单单红色，就有若干种：大红，粉红，橘红，绛红，玫瑰红……我很奢侈地左挑右选，俨然花的主人。我最后挑了一棵粉红的，挑了一棵鹅黄的，连根拔起，塞书包里带回家去。花枝上多刺，刺大且硬，我的手，被刺破好几处，当时是顾不得的。

到家的第一件事，就是整地，挖坑，栽花。地是不紧张的，屋门口随便挑块空地儿就成。我挑了正对着大门的那块，拔掉里面长得好好的两棵茄子。祖父在一边看见了，说："春天栽花才能活的。"我不信，我说秋天也能活的。

月季栽好，才觉出手疼，疼得钻心。晚上母亲回家，拿缝衣针，就着煤油灯，从我手指上挑去三四根刺。母亲边挑边责骂："怎么这么野，丫头没个丫头样子。"母亲也心疼被我拔掉的茄子。我抿着嘴笑，不回嘴。我想着门前的灿烂，偷乐，啊，一棵粉红，一棵鹅黄，真开心哪。

月季却萎了，好像很不满意我替它挪了地方。有大人给我出主意,说用河里的淤泥护着它,它就能成活。我赶紧跑去河里,挖了满满一脸盆河泥。隔天看它,它竟活过来了,花朵儿开得喜盈盈的。就这样,它在我家屋前定居下来,边开边谢,边谢边开。我看着月季,渐渐长大。后来,我离开故土,在异地他乡安营扎寨,从此,故乡隔得远远的,月季还待在老地方。月季还是月季,一年又一年。

回老家,父亲或母亲,总要指着门前的月季对我说:"看,你小时栽的月季。" 这是我和父母间保留的对话。我鼻子就有些酸酸了,我说:"它咋还开这么多花呢。"

它的花,一点儿不见老,还是一团粉红,一团鹅黄,豆蔻年华。

草世界，花菩提

佳句精选

◇◇ 那时，放学的路上，要经过一苗圃，里面长满花草。常有花探出墙头，逗引着我，冲我妖娆地笑。

◇◇ 后来，我离开故土，在异地他乡安营扎寨，从此，故乡隔得远远的，月季还待在老地方。月季还是月季，一年又一年。

◇◇ 它的花，一点儿不见老，还是一团粉红，一团鹅黄，豆蔻年华。

但愿这世上的每一个生命,都能做着它自己。

草世界，花菩提

花向美人头上开

有木名 凌霄

我对凌霄花最初的印象并不好,是因为女诗人舒婷的诗句:"我如果爱你,绝不像攀援的凌霄花,借你的高枝炫耀自己。"诗里的凌霄花,既虚荣又自私,不讨人喜。虽然彼时,我连凌霄花的面都没见过,完全的道听途说。

这让我想起一段往事来。那时,我新婚不久,搬到那人单位的宿舍住。单位小,不过七八个人,关起大院,就是一家子。那人的领导,其时已年近五十,爱人在另一个镇,一直分居两地。一天,领导突然宣布,他爱人要调过来了。这在单位里引起"恐慌",大家纷纷传言,说那女人的厉害——管男人厉害,与人相处厉害,总之是很厉害的。搞得我的心七上八下,如此一个"母老虎"做邻居，哪有安宁的日子好过？

她到底来了，高高胖胖的。因我们先入为主了，她虽长得平和，在我们的眼里，也是一副凶相。听她说话和做事，也都好像透着盛气凌人的架势。故我们远远避着她，她来了半个多月，我跟她的对话，绝对不会超过十句。某天，下雨，我晚归，记起晒在院门前的被子，心里懊恼着，一定被雨淋透了。我跑到院门口，碰到她，她轻描淡写对我说："别跑，我帮你把被子收回家了。"

后来，我有了小孩，小孩常蹒跚着去敲她家的门。她总是翻找出好吃的好玩的给小孩，逗引得孩子一看见她就欢叫奶奶。她原来，是个极和气的人。可见得，道听途说常是不可信的。

还是回到凌霄花上来吧。第一次真正遇见它，是在我所在的中学校园里。那天天暗得很，一场大雨欲来的样子，我在不常去的一间教室里监考。偶尔往窗外一探头，看到教室后有一树的橙红，花惊天动地开着，像燃烧着的灯笼似的，把我的眼睛，连同灰暗的天，照得明艳无比。心里疑惑着："这什么花呢？"监考完了，我立马跑过去，同事告诉我："凌霄花啊。"

当下愣在那树花下，原来，凌霄花是这么地卓尔不群！它们一朵一朵，亲密无间地搂抱在一起，无芥无蒂，光华灿烂，把一棵普通的榆树，打扮得如同出嫁的新娘。它哪里是借高枝炫耀自己？它分明是毫无保留地，捧出一颗热诚的心，给天，给地，给你。——诗人的话,原也是不可信的。

　　渐渐地,见多了这样的花。我上班的路上,就有那么一大蓬,占据着人家院墙的大半壁江山。一到夏末,那橙红的花朵,就争先恐后地插满墙头,朵朵都跟火焰似的,燃啊燃啊,可以一直燃到深秋。秋风吹过了一场又一场,几乎扫遍了所有落叶,它的枝上,竟还有一朵两朵小花,在顽强地开着,橙红橙红的,火焰似的。

　　春天,别的植物都复苏了,欣欣向荣起来,它还在沉睡。白褐色的枝条裸露在春光里,让人疑心着它是不是死了。却于某天,惊异地发现,它裸露的枝条上,竟抽出若干细小的嫩叶子。心中的欢喜就那样荡开来,呆呆站着看许久,这才满意地走开。我知道,用不了多久,它就会绿叶满枝头。再不多久,它会打苞开花,又将是一墙头的笑盈盈。

佳句精选

◇◇ 它们一朵一朵,亲密无间地搂抱在一起,无芥无蒂,光华灿烂,把一棵普通的榆树,打扮得如同出嫁的新娘。它哪里是借高枝炫耀自己?它分明是毫无保留地,捧出一颗热诚的心,给天,给地,给你。

◇◇ 我上班的路上,就有那么一大蓬,占据着人家院墙的大半壁江山。一到夏末,那橙红的花朵,就争先恐后地插满墙头,朵朵都跟火焰似的,燃啊燃啊,可以一直燃到深秋。

◇◇ 我知道,用不了多久,它就会绿叶满枝头。再不多久,它会打苞开花,又将是一墙头的笑盈盈。

那些年，指甲花开

花店里有一种花，小小的一株，高不盈尺，装在小陶罐里。陶罐拙朴小巧。花也小巧，纤纤弱弱的，从密密的叶子下，探出一点红，和一点白来。像极害羞的小丫头。捧上一罐，爱不释手地探问，这什么花呀？卖花的女人微微一笑，这，指甲花呀，改良的指甲花呀。心当下一惊，仔细看去，看出似曾相识来，可不就是指甲花！

对这花太熟稔了，熟稔到几乎熟视无睹的地步。每年夏天，乡村人家的房前屋后，都是它，一大丛一大丛的。也没谁特意栽种过，它就那么姐妹众多。一场夏雨后，满场的姹紫嫣红，噼里啪啦燃开去的，都是它。红的，白的，紫的，黄的，极尽颜色。

像谁用蜡笔,一朵一朵给抹过。

做女孩子的,这个时候,最开心了。因为,又可以用它染指甲了。我们采了它的叶和茎,捣碎,掺上明矾,搁置小半天,就可以敷指甲了。一夜过后,指甲上准留下艳艳的红。由不得人不佩服,女孩子天生就有扮美的本领,即使在再贫瘠的荒芜里,她们也能无师自通,种植出美来。

是那样的夏夜,一大家子坐在家门口的场院上纳凉。风若有似无吹过,白天的暑热,渐渐消去,露珠悄悄降落,植物们的香气,浮游上来,是黄豆荚、南瓜、丝瓜、豇豆,还有玉米和水稻。虫子们大着胆子在鸣唱。天上的星星,密布得像撒落的米粒。我们掐一把黄豆叶,让祖母给包红指甲。祖母总是很有耐心,她把已搅拌好的指甲花,细细地覆盖到我们的指甲上,用黄豆叶包好,外面再用茅草扎紧了。我们戴着这样的"指甲套",十指沉沉,不好受,却都能忍着。忍一忍,美就来了——那时我们就懂得。

女孩子们聚一起,免不了要比一比谁的手指甲染得更红艳。黄昏下,我们割完满满一篮子猪草,坐在沟渠边说话,把染了红指甲的手,放到水里。红指甲在水里显得分外妖娆,我们轻轻摆动手指头,一沟的水,便都妖娆地晃动起来。我们的心,也跟着妖娆起来。

我也曾把一朵一朵的指甲花,摘下来,用针线细细穿成花

草世界，花菩提

环，戴头上，戴脖子上，在乡间土路上艳艳地招摇。就有乡人停了锄望着我笑，笑容也如指甲花般的，很明艳。呀，这小丫头，是个人精，不知谁突然笑说。引起一阵和善的附和。当时，我虽不知道人精是什么，但隐约知道那是一句夸奖的话，小小的心立即飞扬起来。

很多年过去了，我忘了很多的人，很多的事，但乡人笑吟吟的那一句"这小丫头，是个人精"的话，我却一直记得。每每想起，就莞尔不已。

佳句精选

◇◇ 一场夏雨后，满场的姹紫嫣红，噼里啪啦燃开去的，都是它。红的，白的，紫的，黄的，极尽颜色。像谁用蜡笔，一朵一朵给抹过。

◇◇ 女孩子天生就有扮美的本领，即使在再贫瘠的荒芜里，她们也能无师自通，种植出美来。

◇◇ 天上的星星，密布得像撒落的米粒。

◇◇ 红指甲在水里显得分外妖娆，我们轻轻摆动手指头，一沟的水，便都妖娆地晃动起来。我们的心，也跟着妖娆起来。

花向美人头上开

炎夏里，买一盆茉莉花放家里，最是合宜。

装它的盆子不必讲究，瓦盆子可以，泥盆子亦可以。纤细的茎上，缀着花骨朵儿几粒。小，小得如同绿豆一般。却不容你忽视，一经打开，瓣瓣莹白得晃眼，味道又香又甜，醇厚浓郁。仿佛它的那颗小心脏，是用香料做的。也总是这朵开了，那朵又冒出来，经久不息。

暑热里，你归家，才打开家门，一股子的香，就亲亲热热地跑来迎你，带着清凉甜蜜的气息，你满身的燥热，就那样散去。你不由得微笑起来，要感激，要热爱。家里搁着一盆茉莉花，你觉得这燠热难耐的夏天，也有了它的迷人处。

年迈的婆婆给茉莉花浇水。她打量着花,轻轻问你:"这什么花呀,这么小,却这么香。"

你认认真真告诉她:"这是茉莉花啊。"

她"哦"一声,是茉莉花呀。第二天,她给花浇水的时候,又轻轻问你:"这什么花呀,这么小,却这么香。"你还是认认真真地告诉她:"这是茉莉花啊。"

年老的人,记性不好了,在一盆花上纠缠。你愿意她如此纠缠下去,愿意十次百次地回答她:"这是茉莉花啊。"缘分,把两个原本不相干的人,聚拢到一个屋檐下,一日一日,气息相融,滋养出生命中割舍不了的情分。

国人喜茉莉花,源远流长。早在晋代,就有"倚枕斜簪茉莉花"的风尚。到了唐宋时期,更是有过之而无不及。在长安大街上走着,冷不丁的,就能撞到一个头上簪满茉莉花的女人,她袭一身香气款款而行,让酷热的夏天,透出一丝清凉来。——"荔枝乡里玲珑雪,来助长安一夏凉",说的就是这样的事。宋代诗人江奎,对茉莉花也是青睐有加的,他曾写诗夸道:"虽无艳态惊群目,幸有浓香压九秋。应是仙娥宴归去,醉来掉下玉搔头。"小小的茉莉花,虽貌不惊艳,可人家出生不凡哪,它原是仙姑簪在头上的呀,怨不得它会那么香。

到了明代,人们不单单争相种植茉莉花,还把它编了小调唱:"好一朵茉莉花,好一朵茉莉花,满园的花草香也香不过

草世界，花菩提

它。"从南京唱响的这曲《鲜花调》，六百多年后，成了闻名遐迩的江南民歌《茉莉花》。

清人王士禄的茉莉花，则透着凡尘俗世的恩爱欢喜："冰雪为容玉作胎，柔情合傍琐窗隈。香从清梦回时觉，花向美人头上开。"一觉梦醒，香气绕鼻，恍惚中不知身在何处。睁眼四顾，原来，一旁的美人头上，簪了几朵茉莉花。花衬美人，美人衬花，还有比这更相宜的么！

梅雨过后，小城的路边，卖茉莉花的渐渐多起来，隔老远就能闻见它的香。有小女孩牵了妈妈的手，走到茉莉花跟前，蹲下来细看，她问妈妈："这什么花呀？"妈妈答："这是茉莉花呀。"小女孩凑近了闻，突然发现什么似的惊叫起来："妈妈，好香啊，它的味道，像茉莉花茶。"

我在一旁听得哑然失笑，却又不由得有些感动，孩子的本心真是简单纯良得很，茉莉花自然是香得很像茉莉花茶的，不然还能像什么呢？

但愿这世上的每一个生命，都能做着它自己。

佳句精选

◇◇ 仿佛它的那颗小心脏,是用香料做的。也总是这朵开了,那朵又冒出来,经久不息。

◇◇ 缘分,把两个原本不相干的人,聚拢到一个屋檐下,一日一日,气息相融,滋养出生命中割舍不了的情分。

◇◇ 但愿这世上的每一个生命,都能做着它自己。

天香云外飘

校园里植了几棵桂花树，不蓊郁，亦不高大，姿色平平得很，平常日子里，人都不以为意。然一俟进入秋天，树下便常有女孩子围着打转——她们在寻花呢。

我远远看着笑，心里说："傻孩子，桂花哪里要寻，它若盛开，定会追了你纠缠不休。"

真真是纠缠不休啊。某天，鼻子里先是钻进一丝香，一丝甜，香得很桂花，甜得很桂花。正惊疑不定呢，那香，那甜，突然汹涌起来，奔腾起来，一浪一浪涌过来，把鼻子填满。又从鼻孔里钻进嘴里，钻进心里，霸道地攻城略地，所向披靡。

明知是它，还是要向人求证："是桂花开了吗？""可不是，桂花开了。"答的人，也是满心欢喜的——又是一年喜相逢。眼睛四下寻望，脚步却立定未动。对它，根本无须探寻来处，总是一家开花百家香的。你只管张开鼻翼，饱吸。

吸是吸不尽的。哪里能吸得尽呢？清晨，露重，露是它的味道。傍晚，风起，风是它的味道。阳光遍洒，阳光也是它的味道。若是逢上下雨，更是不得了了，每一滴雨里，都浸着它的香它的甜。

这个时候，你的手，最好不要随便乱碰触。它的香，是息在一片草叶上的；它的甜，是逗留在一扇门扉上的。

我居住的楼后，不知哪户人家，也植了桂。秋深时节，浓郁的花香，追了人跑，让你情不自禁被它俘获。你坐下时，花香趴在你的膝上。你站起时，花香停在你的肩上。你吃饭时，花香落在你的碗里。你睡觉时，花香伏在你的枕上。哪里舍得关窗子，由着它们进来，满屋子逡巡。

翻遍书橱，遍寻写它的诗词，唯有宋之问的最得我心："桂子月中落，天香云外飘。"好一个"天香云外飘"！月庭也小，哪里容得下它那颗香的心？且许它四处逍遥去吧，独乐乐不如众乐乐。反倒使大众受了惠，每个生命都能分得一勺它的香。众生平等，岁月静好。

想起早些年读《红楼梦》，对里面的人物夏金桂，大不喜。女人恶到那份儿上，算得歹毒了。偏偏地，她却叫金桂。如今想来,她也只能叫金桂的。可恶之人必有可怜之处,她少时丧父,跟着寡母。后长大嫁人,又诸多不如意,薛蟠那种花心男人,哪有真情可待?曹雪芹给她安上金桂的名,是为怜惜。那大捧的香甜,可以拯救一个人吧?——到底,曹雪芹是心怀慈悲的,在他心里,每一个女儿家,都应该如桂花一样美好。

秋风吹,校园里的桂花也开得盛。爱它的女孩子,在树下四下张望,趁人不备,赶紧攀得一枝,塞衣袖里。突然瞥见我在一边看她,她脸一红,微低了头,唤声:"老师好。"不忍责备,我笑说:"回吧,把它夹书本里,能香一个秋天的。"

何止是一个秋天?它会染香一颗青春的心,连同,青春的记忆。

佳句精选

◇◇ 某天，鼻子里先是钻进一丝香，一丝甜，香得很桂花，甜得很桂花。

◇◇ 清晨，露重，露是它的味道。傍晚，风起，风是它的味道。阳光遍洒，阳光也是它的味道。若是逢上下雨，更是不得了了，每一滴雨里，都浸着它的香它的甜。

◇◇ 秋深时节，浓郁的花香，追了人跑，让你情不自禁被它俘获。你坐下时，花香趴在你的膝上。你站起时，花香停在你的肩上。你吃饭时，花香落在你的碗里。你睡觉时，花香伏在你的枕上。哪里舍得关窗子，由着它们进来，满屋子逡巡。

◇◇ 且许它四处逍遥去吧，独乐乐不如众乐乐。反倒使大众受了惠，每个生命都能分得一勺它的香。众生平等，岁月静好。

人与花心 各自香

是在突然间,闻见桂花香的,在微雨的黄昏。

那香味儿,起初若有似无,羞羞怯怯的。正疑心着,驻足四处张望,忽然一阵风来,吸进鼻子的,就是大把大把的香甜了。

有路人自言自语着,呀,桂花开了。一脸兴奋的笑,是乍见之下的惊喜。

心,跟着香香甜甜地一转:真的,桂花开了。那熟稔的香甜味儿,率真,浓烈,让人欢喜。

眼前恍恍惚惚的,有一树花开,细细碎碎的,是一树丹桂,在小院中。皓月当空,花香雾般缥缈。只需一棵树,就染香了一整个村庄。祖母的视线被小院中的桂花树牵着,目光柔和,充满慈祥。她望着窗外的树说，过些日子，给你们做桂花汤圆吃。

我们很快乐。桂花汤圆好吃，一口一个呀，那是穷日子里，我们最奢侈的向往。我们望向窗外，对那一树细密的花儿，充满感激。

夏夜纳凉，天上挂一轮明月。祖母摇着蒲扇，对着月亮，讲月宫里桂花树的故事：有个叫吴刚的仙人，犯了大错，被玉皇大帝罚到月宫里，砍伐桂花树，他什么时候把桂花树砍掉了，什么时候才能被放出来。可是，那桂花树却奇怪得很，他一斧子下去，桂花树又迅速长出新枝来。他一日不砍，树就疯长得能撑破月亮，吴刚只好日夜不停地在树下砍啊砍。人不能做错事啊，祖母这样叹。祖母是同情吴刚的。而我们，却在小小的心里，暗想着那棵桂花树，它若真的撑破了月亮会怎样呢？那一树的桂花，可以做多少的桂花汤圆吃啊。这样的暗想，蜜甜蜜甜的。

喜欢过一部老电影里的旁白：桂花开了，十里八里都能闻到。故事发生在战争年代，一对毫无血缘关系的孤儿——六岁的男孩、四岁的女孩，被一农妇收养，在种着桂花树的小院里，他们长大，他们相爱。后来，解放了，男孩当了大官的亲生父母找上门来，把男孩接到城里。距离之外，一切似乎都变了，包括男孩女孩青梅竹马的爱情。但有一样却没变，那就是小院里的桂花树，一到秋天，依然捧出一树甜蜜的桂花来，十里八里都能闻到。男孩的梦里都是桂花香啊，他终抵不住思念，被花香牵回到女孩身边。

　　这是桂花的爱情，爱就爱了，只管把她的浓情蜜意一路洒开来，缕缕不绝，让人欲罢不能，魂牵梦萦。

　　现在，桂花树不单单乡村有，城里也栽种了。秋天时节，在某条街道上正走着呢，有桂花香突然撞过来。如果这个时候刚好飘过一场雨，雨不大，是漫不经心飘着的那一种，花香便被濡湿得很有质感，随手一拂，满指皆是。桂花把空气染成了一罐蜜，人泡在其中，也成了一个香甜的人了。

　　不由自主想起宋代诗人朱淑真写的诗来："一枝淡贮书窗下，人与花心各自香。"这样的时光，非常地幸福，非常地暖。这样的时光，很容易想起一些人，想念他们的好，怀着感恩的心。

佳句精选

◇◇ 心，跟着香香甜甜地一转：真的，桂花开了。那熟稔的香甜味儿，率真，浓烈，让人欢喜。

◇◇ 眼前恍恍惚惚的，有一树花开，细细碎碎的，是一树丹桂，在小院中。皓月当空，花香雾般缥缈。只需一棵树，就染香了一整个村庄。

◇◇ 这是桂花的爱情，爱就爱了，只管把她的浓情蜜意一路洒开来，缕缕不绝，让人欲罢不能，魂牵梦萦。

◇◇ 桂花把空气染成了一罐蜜，人泡在其中，也成了一个香甜的人了。

满架秋风 | 扁豆花

说不清是从哪天起,我回家,都要从一架扁豆花下过。

扁豆栽在一户人家的院墙边。它们缠缠绕绕地长,你中有我,我中有你。顺了院墙,爬。顺了院墙边的树,爬。顺了树枝,爬,又爬上半空中的电线上去了。电线连着路南和路北的人家,一条人行甬道的上空,就这样被扁豆们,很是诗意地搭了一个绿篷子,上有花朵,一小撮一小撮地开着。

秋渐深,别的花且开且落,扁豆花却且落且开。紫色的小花瓣像蝶翅。无数的蝶翅,在秋风里舞翩跹。欢天喜地。

花落,结荚,扁豆成形。五岁的侄儿,说出的话最是生动,他说那是绿月亮。看着,还真像,是一弯一弯镶了紫色边的绿月亮。我走过时，稍稍抬一抬手，就会够着路旁的那些绿月亮。想着若把它切碎了，清炒一下，和着大米饭蒸，清香会浸到每粒大米的骨头里——这是我小时的记忆。乡村人家不把它当稀奇，煮饭时，想起扁豆来，跑出屋子，在屋前的草垛旁，或是院墙边，随便捋上一把，洗净，搁饭锅里蒸着。饭熟，扁豆也熟了。用大碗装了，放点盐，放点味精，再拌点蒜泥，滴两滴香油，那味道，只一个字：香。打嘴也不丢。

这里的扁豆，却无人采摘，一任它挂着。扁豆的主人大概是把它当风景看的。于扁豆，是福了，它可以不受打扰地自然生长，花开花落。

也终于见到扁豆的主人，一整洁干练的老妇人。下午四点钟左右的光景，太阳跑到楼那边去了，她家小院前，留一片阴。扁豆花却明媚着，天空也明媚着。她坐在院前的扁豆花旁，膝上摊一本书，她用手指点着书，一行一行读，朗朗有声。我看一眼扁豆花，看一眼她，觉得它们是浑然一体的。

此后常见到老妇人，都是那个姿势，在扁豆花旁，认真地在读一页书。视力不好了，她读得极慢。人生至此，终于可以停泊在一架扁豆花旁，与时光握手言欢，从容地过了。暗暗想，真人总是不露相的，这老妇人，说不定也是一高人呢。像郑板桥，曾流落到苏北小镇安丰，居住在大悲庵里，春吃瓢儿菜，秋吃扁豆。人见着，不过一乡间普通农人，谁知他满腹诗才？秋风渐凉，他在他居住的厢房门板上，手书浅刻了一副对联："一庭春雨瓢儿菜，满架秋风扁豆花。"几百年过去了，当年的大悲庵，早已化作尘土。但他那句"满架秋风扁豆花"，却与扁豆同在，一代又一代，不知被多少人在秋风中念起。

大自然的美，是永恒的。

清代学者查学礼也写过扁豆花："碧水迢迢漾浅沙，几丛修竹野人家。最怜秋满疏篱外，带雨斜开扁豆花。"有人读出凄凉，有人读出寥落，我却读出欢喜。人生秋至，不关紧的，疏篱外，还有扁豆花，在斜风细雨中，满满地开着。

生命不息。

佳句精选

◇◇ 秋渐深，别的花且开且落，扁豆花却且落且开。紫色的小花瓣像蝶翅。无数的蝶翅，在秋风里舞翩跹。欢天喜地。

◇◇ 我走过时，稍稍抬一抬手，就会够着路旁的那些绿月亮。

◇◇ 人生至此，终于可以停泊在一架扁豆花旁，与时光握手言欢，从容地过了。

◇◇ 大自然的美，是永恒的。

◇◇ 人生秋至，不关紧的，疏篱外，还有扁豆花，在斜风细雨中，满满地开着。

菊有黄花

一场秋雨，再紧着几场秋风，菊开了。

菊在篱笆外开，这是最大众最经典的一种开法。历来入得诗的菊，都是以这般姿势开着的。一大丛一大丛的。

倚着篱笆，是篱笆家养的女儿，娇俏的，又是淡定的。有过日子的逍遥。晋代陶渊明随口吟出"采菊东篱下"，几乎成了菊的名片。以至后来的人们，一看到篱笆，就想到菊。陶渊明大概不会想到，他能被人千秋万代地记住，很大程度上，得益于他家篱笆外的那一丛菊。菊不朽，他不朽。

我所熟悉的菊，却不在篱笆外，它在河畔、沟边、田埂旁。它有个算不得名字的名字：野菊花。像过去人家小脚的妻，没名没姓，只跟着丈夫，被人称作吴氏、张氏。天地洞开，广阔无边，野菊花们开得随意又随性。小朵的，清秀，不施粉黛。却色彩缤纷，红的黄的，白的紫的，万众一心齐心合力地盛开着。仿佛一群闹嚷嚷的小丫头，挤着挨着在看稀奇，小脸张开，兴奋着，欣喜着。对世界，是初相见的懵懂和憧憬。

乡人们见多了这样的花，不以为意。他们在秋天的原野上收获，播种，埋下来年的期盼。菊花兀自开放，兀自欢笑，与乡人们各不相扰。蓝天白云，天地绵亘。小孩子们却无法视而不见，他们都有颗菊花般的心，天真烂漫。他们与菊亲密，采了它，到处乱插。

那时，家里土墙上贴一张仕女图，有女子云鬟高耸，上面横七竖八插满菊，衣袂上，亦沾着菊，极美。掐了一捧野菊花回家的姐姐，突发奇想帮我梳头，照着墙上仕女的样子。后来，我顶着满头的菊跑出去，惹得村人们围观。看，这丫头，这丫头！他们手指我的头，笑着啧啧叹。

现在想想，那样放纵地挥霍美，也只在那样的年纪，最有资格。

人家的屋檐下，也长菊。盛开时，一丛鹅黄，另一丛还是鹅黄。老人们摘了它们晒，做菊花枕。我家里曾有过一只这样的枕头，父亲枕着。父亲有偏头痛，枕了它能安睡。我在暗地里羡慕过，决心给自己也做一个那样的枕头。然而来年菊花开时，却贪玩，忘掉这事。

年少时，总是少有耐性的，于不知不觉中，遗失掉许多好光阴。

周日逛街，秋风已凉，街道上落满梧桐叶，路边却一片绚烂。是菊花，摆在那里卖。泥盆子装着，一只盆子里只开一两朵花，花开得肥肥的，一副丰衣足食的好模样。颜色也多，姹紫嫣红，千娇百媚。还是喜欢黄色的。《礼记》中有"季秋之月……鞠有黄华"的记载。可见得，菊花最地道的颜色，是黄色。

我买了一盆，黄的花瓣，黄的蕊，极尽温暖，会焐暖一个秋天的记忆和寒冷。

佳句精选

◇◇ 倚着篱笆,是篱笆家养的女儿,娇俏的,又是淡定的。有过日子的逍遥。

◇◇ 天地洞开,广阔无边,野菊花们开得随意又随性。小朵的,清秀,不施粉黛。却色彩缤纷,红的黄的,白的紫的,万众一心齐心合力地盛开着。仿佛一群闹嚷嚷的小丫头,挤着挨着在看稀奇,小脸张开,兴奋着,欣喜着。对世界,是初相见的懵懂和憧憬。

◇◇ 年少时,总是少有耐性的,于不知不觉中,遗失掉许多好光阴。

◇◇ 我买了一盆,黄的花瓣,黄的蕊,极尽温暖,会焐暖一个秋天的记忆和寒冷。

菊事

去冬，我把一盆开过花的菊，随手丢弃在屋旁，连同装它的瓦盆。

屋旁有巴掌大的空地，没人理它，它便自作主张地在里面长婆婆纳，长狗尾巴草，长车前子，长蒲公英，还长荠菜。我挑过一回荠菜，满像那回事的，把一份野趣挑进篮子里。后来，这一小撮荠菜，被我切碎了，烙进糯米饼里。饼烙得点点金黄，配了糯米的糯白，配了荠菜的嫩绿，不用吃，光看看，就很享受了。咬一口，鲜透牙。很是感动了一回，有泥土的地方，总会生长着我的故乡。

现在，这块地里，多出一大丛的菊来。是被我丢弃的那一盆。谁想到呢，它的花萎了，叶萎了，心竟是活的。它搂着这颗心，落地生根，不声不响地，勤勤勉勉地生长。最终，它不单自己活了下来，还子孙满堂的样子，——去冬不过一小瓦盆的花，今秋已繁衍成一大丛了。它让我想到柳暗花明，想到天无绝人之路，想到苦尽甘来，只要心没有死，总有出头之日的。

风一场，雨一场，秋季翻过，已是冬了，它还没开够，朵朵灿烂。满世界的萧条，唯它，一簇新亮，是李商隐诗里的"融融冶冶黄"，是童年乡下屋檐下的那抹明黄，打老远就看得见。路过的人，有的站着远远瞅。有的看不过瘾，走近了细细瞧。一律的惊叹，好漂亮的花！它倒是沉得住气，面对众人的赞赏，不动声色、不慌不忙地，只管把好颜色往外掏。一瓣金黄，再一瓣，还是金黄。如历尽世事的女子，参透人生无常，倒让自己有了一份坚守，那就是，守住自己，守住心。所以，冷落也好，繁华亦罢，它都能安然相待，不急不躁。

孤寡老人程爹，在小区的小径旁长菊。小径旁的空地，原是狭长的一小块，小区人家装修房子，把一些碎砖碎玻璃倒在里面。路过的人都小心不去碰触，以免被玻璃划伤了。连调皮的小猫，也绕着那块地走。老人清理掉碎砖碎玻璃，在里面长青菜和菊。几棵青菜，几朵菊花。再几棵青菜，几朵菊花。绿配紫，绿配红，绿配白，绿配黄，小块的地，让人看过去，竟有花园般的感觉。

这些天，老人除了吃饭睡觉，几乎都围着他的菊在转。我上班时看见他，下班时还看见他，背着双手，很有成就感地在小径上漫步，来来回回。一旁，他的菊，如同被惯坏的孩子，正满地打着滚，撒泼似的，把些紫的、红的、白的、黄的颜色，泼洒得四处飞溅。哪朵，都是硕大丰腴的，都上得了美人头。

天冷，菊越发地艳丽，直艳到人的心里去。小区的人，每日里行色匆匆，虽是久住，彼此却毫不关己地陌生着。而今，因了这些菊，一个个舒缓了脚步，脸上僵硬的线条，渐渐柔软起来。话搭话地闲聊几句，说着花真好看之类的。或者不聊，仅仅站着，看一眼菊，相互笑笑，自有一份亲切，入了心头。再遇见，便是老相识了。清寒疏离的日子，因菊，变得脉脉温情。

佳句精选

◇◇ 有泥土的地方,总会生长着我的故乡。

◇◇ 谁想到呢,它的花萎了,叶萎了,心竟是活的。它搂着这颗心,落地生根,不声不响地,勤勤勉勉地生长。

◇◇ 它倒是沉得住气,面对众人的赞赏,不动声色、不慌不忙地,只管把好颜色往外掏。一瓣金黄,再一瓣,还是金黄。如历尽世事的女子,参透人生无常,倒让自己有了一份坚守,那就是,守住自己,守住心。

◇◇ 一旁,他的菊,如同被惯坏的孩子,正满地打着滚,撒泼似的,把些紫的、红的、白的、黄的颜色,泼洒得四处飞溅。哪朵,都是硕大丰腴的,都上得了美人头。

◇◇ 清寒疏离的日子,因菊,变得脉脉温情。

华丽缘

觉得那树真叫华丽，秋的帷幕一经拉开，它就满树挂上了红灯笼，在越来越高远的天空下，光彩照人着。

路旁，它站着，一棵，一棵。春天，它新冒出的嫩叶，不是柔软的绿或嫩黄，而是，带着些绛色的红——这也被我们忽略了，以为那不过是普通的红叶树罢了。夏天，它的叶，走了从俗的路，变绿了，与其他植物浑然一体，这更容易让我们忽略了。虽然，它金色的小花，一簇一簇开了，也还是没有引起我们过多留意。那么细小的花，你挤我攘地团在一起，实在有些乱糟糟的。风吹，金色的小花落了一地。我们走过，望着地上铺得密密的小花，也仅仅是惊讶了一下，这是什么花呀？却根本没打算去相识去相知。路过的风景太多,它也只是寻常。

直到,有那么一天,我骑着单车,慢慢地,从一座桥上下来。桥头的景致,日日相似。桥那头,蹲着一个爆米花的男人,总见他披一件旧的军大衣,头上戴一顶旧军帽。一旁的收音机里,铿铿锵锵的锣鼓声,喧喧嚷嚷——他在听京剧。他的脚跟前,一副铁架支棱着,下有一簇小火,烘烤着上面的黑色小滚筒,滚筒里装着玉米粒。有时,他身边围满人,大家都在等新爆出的玉米花。有时,他身边没人,他就独自摇着那只黑色小滚筒,一边咿咿呀呀跟着收音机里唱,好不自在。每望见他,我的心里,总会腾出说不出的欢喜来,他在,那个桥头,便有了温度。

桥这头,卖鞋垫和小物什的妇人,守着她的鞋垫摊子,用一把拂尘,轻掸着上面的尘。那动作真是优雅至极,她却不知。她只管笑微微地,轻轻掸着,一边拿眼看着路过的人。天地间,大美无言。果真。然后,我的眼睛,就看到了那些"花",三瓣儿抱成一朵,小红灯笼似的。一朵一朵地又缀在一起,簇拥成个大花球。远观去,绿叶之上,大捧的红花球,夺目得竟不似真的。它们在半空中盛开着,累累的,一树,一树,一直延伸到路的尽头去了。

我当即被它惊得目瞪口呆,它怎么可以,怎么可以如此华丽!这个时候,我尚不知它有个很端庄的名字,叫栾树,又名灯笼树的。我亦不知那些夺目的花朵，其实不是花朵，而是它结的果。果里还藏着另一个乾坤，几粒黑得透亮的种子，躺在里面，形似佛珠。也真有人拿它制作佛珠，故寺院中多栽种此树——这一些，都是我后来询问了很多人，查阅了相关资料才得知的。这期间，它并不因我的不知道，而懈怠一点点，它殷勤地、蓬勃地结着它的果，从浅黄，到金黄，慢慢至微红，再到深红。直至一树一树，都燃烧起来了，在秋日渐深的天空下，绚烂着。

　　它让我想起我教过的一个女学生。女学生家境清寒，父亲在乡下务农，忠厚木讷。母亲是个聋哑人。她本人长相极其普通，穿着简朴，成绩一般，平时寡言少语。这样的女孩子，前途极易被人预测——至多上个三流大学，或者，回乡下去，早早地嫁人，走父亲的路。然最后，她却让所有人大吃一惊，她竟考上了一所知名的美术学院。当有人向她探询考上的经验和秘密时，她淡淡说了句，我已默默练了七年的绘画。

　　佛说，世上的苦难里，原都藏着珍珠。你能经受住苦难的磨炼，你终将找到，生活赐予你的华美。这就像栾树，在经历了漫长的沉寂之后，它终于，迎来了属于它的华丽。

佳句精选

◇◇ 秋的帷幕一经拉开,它就满树挂上了红灯笼,在越来越高远的天空下,光彩照人着。

◇◇ 每望见他,我的心里,总会腾出说不出的欢喜来,他在,那个桥头,便有了温度。

◇◇ 远观去,绿叶之上,大捧的红花球,夺目得竟不似真的。它们在半空中盛开着,累累的,一树,一树,一直延伸到路的尽头去了。

◇◇ 佛说,世上的苦难里,原都藏着珍珠。你能经受住苦难的磨炼,你终将找到,生活赐予你的华美。

富贵竹

我养花长草少有能活过半年以上的。在花店里,看似活蹦乱跳生机勃勃的花儿草儿,到了我手里,一律全害了相思病似的,思念故土思念故人,眼见着鲜亮的脸庞,一日一日瘦小下去,最后,无一例外地,全都香消玉殒。

朋友得知,推荐我养富贵竹。这种植物好长,水也好,土也好,只要有一点点附着物,它就绿给你看,朋友如此介绍。

心动。跑去花店,张眼之处,那些盆盆罐罐里,竟全长着这种竹。高的比人还高,矮的不过盈尺,全都绿意婆娑着,是绿汪汪的绿海洋。店主说,因为它好长,四季常绿,来买的人很多。我指着一盆不过盈尺的说,我喜欢只长这么高的,好摆放。店主笑了，如果它长得过高，你可以这样。他边说边操起剪刀，拔起一根富贵竹，拦腰剪断，重又把它插回土里。那一剪子，剪得干脆利落不留余地，我担心地问，会死吗？他笑，不会，它命大着呢。我疑惑，这么贱的命，为什么还叫富贵？他说，命贱才易活，这是福，福大寿才大的。而有福的，岂不是富贵？

我点头，以为很有道理。金枝玉叶的，大抵难逃短寿的命，纵使担了富贵的名头，却少了很多生的乐趣。像历史上那个不满周岁就死去的汉殇帝。

我买了一盆富贵竹回家。盆上有蓝黄花纹，交错而生，出土的古董似的。矮矮的三根富贵竹，紧挨在里面长，叶阔绿厚的，像粗眉大眼的丫头。憨憨的，又是充满情趣的。我无端地想起《红楼梦》里的一个人物——傻大姐，她天性愚顽，毫无心计，满大观园的女儿中，她活得最本真。曹雪芹描写她，惜墨如金，只用了几个字，就把她的外貌给概括了，"体肥面阔"，外加"一双大脚"，满眼的珠翠摇曳香汗微微里，只她一个扑着一双大脚，体肥面阔地走来晃去，多么健康！我想，红楼梦醒，一干的小姐丫头，都不可能落到好去处，反倒命贱如富贵竹的她，到哪里都可以活命的。

我把新买的富贵竹，搁电脑旁。无须我管理，它兀自长得欢天喜地。每日里，我写字写累了，一抬头，定会与它撞个照面。一盆子的绿，便水花儿一样，在我眼里乱溅开来，给我满满的

草世界，花菩提

清凉。

　　守着这样一盆富贵竹，岁月安详着，芸芸众生里的我，也算得上是个富贵之人了。

佳句精选

◇◇ 金枝玉叶的，大抵难逃短寿的命，纵使担了富贵的名头，却少了很多生的乐趣。

◇◇ 矮矮的三根富贵竹，紧挨在里面长，叶阔绿厚的，像粗眉大眼的丫头。憨憨的，又是充满情趣的。

◇◇ 每日里，我写字写累了，一抬头，定会与它撞个照面。一盆子的绿，便水花儿一样，在我眼里乱溅开来，给我满满的清凉。

才有梅花便不同

趁着天黑,去邻家院子边,折一枝梅回来。这有偷的意思了,——我是,实在架不住它的香。

它香得委实撩人。晚饭后散步,隔着老远,它的香就远远追过来,像撒娇的小女儿,甜腻腻地缠着你,让你架不住心软。我向东走,它追到东边。我向西走,它追到西边。我向南走,它追到南边。我向北走,它追到北边。黑天里看不见,但我知道它在那里,它就在那里,在邻家的院子里。一棵,只一棵。

白天,我在二楼。西窗口。我的目光稍稍向下倾斜,就可以看到它。邻家的院子,终日里铁栅栏圈着,有些冰冷。有了一树的梅,竟是不一样了。连同邻家那个不苟言笑的男人,他在梅树下进进出出，望上去，竟也有了几分亲切。一树细密的黄花朵，不疾不徐地开着，隔了距离看，像镶了一树的黄宝石。枝枝条条，四下里漫开去，它是想把它的欢颜与馨香，送到更远的地方去。一家有花百家香。花比人慷慨，从不吝啬它的香。

梅是大众情人，人见人爱，这在花里面少见。梅的本事，是一般的花学不来的。谁能在冰天雪地里，捧出一颗芬芳的心？谁能在满目的衰败与枯黄之中，抖搂出鲜艳？只有梅了。从冬到春，在季节最为苍白最为寂寥的时候，它含苞，它绽放。它是冬天里的安慰，它是春天里的温暖。

喜欢关于梅的一则韵事。相传宋武帝的女儿寿阳公主，某天午睡，独卧于自己寝宫的檐下。旁有一树梅，其时花开正盛。风吹，有花落于公主额上，留下一朵黄色印记，拂之不去。宫人们惊奇地发现，公主因这朵黄色印记，变得更加娇媚动人了。从此，宫人们争相效仿，采得梅花，贴于额前，此为梅花妆。——原来，古代女子的对镜贴花黄，竟是与梅花分不开的。

我对着镜子，摘一朵梅，玩笑般地贴在额前。想我的前身，当也是一个女子吧，她摘过梅花么？她对镜贴过花黄么？想起前日里，去城南见一个朋友。暖暖的天，暖暖的阳光，空气中，有了春的味道。突然闻到一阵幽香，不用寻，我知道，那是梅了。果真的，街边公园里，有梅一棵，裸露的枝条上，爬满小花朵，它们甜蜜着一张张小脸儿，笑逐颜开。有老妇人在树旁转，她抬眼,四下里看,趁人不备,折下一枝,笑吟吟地,往怀里兜。她那略带天真的样子,让我微笑起来,人生至老,若还能保持着这样一颗喜爱的心,当是十分十分可爱且甜蜜的罢。

亦想起北魏的陆凯。那样一个大男人,居然浪漫到把一枝梅花,装在信封里,寄给好朋友范晔,并赋诗一首:"折梅逢驿使,寄与陇头人。江南无所有,聊赠一枝春。"他把他的春天,送给了朋友。做这样的人的朋友,实在是件幸运且幸福的事。

我折回的梅,被我插在书房的笔筒里。简陋的笔筒,因了一枝梅,变得活泼起来俏丽起来。南宋杜耒写梅:"寒夜客来茶当酒,竹炉汤沸火初红。寻常一样窗前月,才有梅花便不同。"诗里不见一字对梅的赞美,却把梅的风骨全写尽了。梅有什么?梅有的,就是这样的与众不同啊!一地清月,满室幽香。那样一个寻常之夜,因窗前一树的梅,诗人的人生,活出了不寻常。

草世界，花菩提

佳句精选

◇◇ 晚饭后散步，隔着老远，它的香就远远追过来，像撒娇的小女儿，甜腻腻地缠着你，让你架不住心软。

◇◇ 一树细密的黄花朵，不疾不徐地开着，隔了距离看，像镶了一树的黄宝石。枝枝条条，四下里漫开去，它是想把它的欢颜与馨香，送到更远的地方去。一家有花百家香。花比人慷慨，从不吝啬它的香。

◇◇ 从冬到春，在季节最为苍白最为寂寥的时候，它含苞，它绽放。它是冬天里的安慰，它是春天里的温暖。

◇◇ 我折回的梅，被我插在书房的笔筒里。简陋的笔筒，因了一枝梅，变得活泼起来俏丽起来。

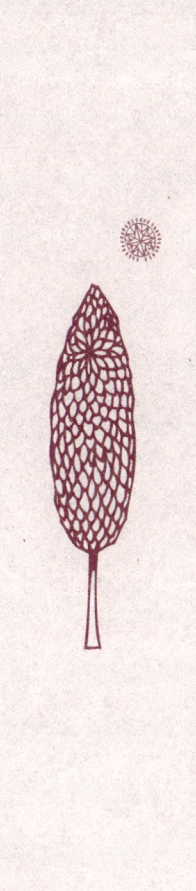

却记着那年那日,那人送我一枝桃花。
桃花开在乡下的河边,他有事路过,
禁不住那一树粉红的诱惑,
趁人不备,去树上攀下一枝。
百十里的路,他宝贝样地带给我,
眼里汪着整个春天。
我于一刹那间爱上,从此义无反顾。
那个春天,我的书桌上,
有了一壶春水漫桃花。

草世界，花菩提

一壶春水漫桃花

深一寸 | 槐花

槐花开的时候，我抽了空去看。人生的旅途说长也长，说短也短，我们能相遇到的花期也有限，我不想错过每一场花开。

槐花也属乡野之花。它比桃花、梨花更与人亲，那是因为它心怀甜蜜。花开时节，空气中密布它的香甜，让你不容忽视。于是乡下孩子的乐事里，就有这么一件，爬上树去摘槐花。那也是极盛大的场景，树上开着槐花，地上掉着槐花，小孩的脖子上、肩上落着槐花，口袋里，还塞着一串串白。随便摘取一朵，放嘴里品咂，甜啊，糖一样的甜。巧妇会做槐花饼、槐花糖。吃得人打嘴不丢。家里养的羊，那些日子也有了嘴福，把槐花当正餐吃的。

我来赏的这树槐花，在小城的河边。小城新辟了沿河观光带，这棵槐，被当作一景从他处移植过来。其他树种众多，独独它，只一棵。《周礼·秋官》中记载：周代宫廷外植有三棵槐树，三公朝见天子时，面向那三棵槐树而立。周代的槐，有崇敬的意思在里面。槐又通"怀"，是怀想与守望。我瞎想，我们小城移来这棵槐，是把它当作镇城之树的吧。

傍晚时分，光的影，渐渐散去。黑暗是渐渐加深的，及至一树的白，也没在黑里头。天便完全黑下来了。这时候，赏花变得纯粹，周遭的黑暗做了底子，槐花的白，便跳跃出来，是黑布上绣白花。

仰头望向那树白，心莫名被一种情绪填得满满的。说不清那情绪到底是什么。那一刻，时间停顿，风不吹，云不走，仿佛什么都想了，什么都没有想。这是人生的态度，我更愿意把它理解为本能，是由不得你的。

微笑。想起那首出名的山西民歌《我望槐花几时开》。歌里唱："高高山上一树槐／手把栏杆望郎来／娘问女儿你望啥子／我望槐花几时开……"盼郎来的女儿家，心焦焦却偏不承认，偏把相思推给无辜的槐花："哎呀呀，槐花槐花，你咋还没有开？"这里的槐花，浸染上人间情思，惹人爱怜。

一对老夫妻，晚饭后出来散步。他们唠嗑的声音隐约传来，如虫子在鸣唱。他们走过我身边，奇怪地看看我，并没有停下

草世界，花菩提

他们的脚步。却在离我有一段距离后，一个问："人家在看什么呢？"一个答："看槐花呗。"一个说："哦，槐花开了呀。"一个笑答："是啊，开了。"他们的声音，渐渐融入到夜色里，融入到槐花的甜里去，直至无痕。

我喜欢这样的一问一答，不落空，相依为命。我愿意，老了时，也有这样一个人陪在我身边，听我说一些可有可无的话，然后一一应答。这是最凡俗的，而又是最接近幸福的。

风吹，有花落下来。我捡一串攥手心里，清凉的感觉，在掌中弥漫。白居易写槐花："薄暮宅门前，槐花深一寸。"我以为这是花落景象。古人尚不知花可吃，或者，知可吃而不吃，是为惜花。他们任由槐花自开自落，一径落下去，在地上铺了足有一寸深的白。真是奢侈了那一方土地，埋了那么多香甜的魂。

佳句精选

◇◇ 人生的旅途说长也长，说短也短，我们能相遇到的花期也有限，我不想错过每一场花开。

◇◇ 地上掉着槐花，小孩的脖子上、肩上落着槐花，口袋里，还塞着一串串白。

◇◇ 这时候，赏花变得纯粹，周遭的黑暗做了底子，槐花的白，便跳跃出来，是黑布上绣白花。

◇◇ 那一刻，时间停顿，风不吹，云不走，仿佛什么都想了，什么都没有想。这是人生的态度，我更愿意把它理解为本能，是由不得你的。

◇◇ 他们的声音，渐渐融入到夜色里，融入到槐花的甜里去，直至无痕。

◇◇ 他们任由槐花自开自落，一径落下去，在地上铺了足有一寸深的白。真是奢侈了那一方土地，埋了那么多香甜的魂。

看花

这时节,只要一有空闲,我就跑出去看花。

春天最不值钱的,就是花。

走在路上,我有君临天下的感觉,身边莺歌燕舞霓裳飘拂,后宫佳丽何止三千!人实在是有福气了,人并不知。我看路人走过花旁,一树樱花,一树桃花,还有几树海棠,那么沸沸的。他却视而不见,一径走了。我真是急,我恨不得拽住他,你看哪,你且看看哪,你就这么走了,多浪费!

也无须追到远处去,就在家门口转着吧,随便地一扭身,你也就能看到好。好是真的好,草都绿了,花都开好了,无一处不是欢欣鼓舞蓬蓬勃勃的。让你想到一个词,花样年华。季节可不正是到了它的花样年华时！

蒲公英在草地上眨巴着眼睛。这小家伙性格有点孤傲，少有成群结队的。它们撑着艳艳的小黄脸，东一朵、西一朵，闲逛着玩儿。遇见，我也总是要向它行行注目礼。比方说，它在砖缝中。比方说，它在背阴的墙脚处。比方说，它在一截断墙上。我的内心，也总会引起一点小震动，生命的丰饶，原在生命本身，无关别的。

垂丝海棠开得顶烂漫、顶没心没肺的。春风也不过才吹了两吹，它们就跟商量好了似的，齐刷刷地冒出来，来开茶话会了。每根枝条上，都坐满了小花朵啊，手挽手、肩挨肩的，密密匝匝，盛况空前。

我走过它们身边，我老觉得它们在笑。一朵花先笑了，接着再一朵，再再一朵。然后，千朵万朵跟着笑起来，笑得花枝乱颤、云蒸霞蔚。

笑我吗？我扭头去望，不自觉地，也笑了。

油菜花开得就有些蛮不讲理了。它简直是泛滥，有一统天下的野心，成坡成岭，成海成洋。我走进一片菜花地，老疑心耳边响着"嗒嗒嗒"的马蹄声，它是要揭竿而起吗？

乡下的房，这个时候，是顶幸福不过的了，被它左抱右拥着，像荡在黄金波上的一艘船。有人出来，有狗出来，有鸡出来，有羊出来，那"黄金波"就跟着划过一道道细细的浪。风吹油菜花。唉唉唉，你只剩叹息的份儿了。

如果逢着河，如果河边刚好长着一棵野桃树，那你就等着束手就擒吧，你是注定动弹不得的了。水映着一树的花，花映着一河的水，红粉缥缈。有人在河边钓鱼，你看着那人，又欢喜又恼恨。你觉得他是在钓桃花瓣，却又搅了鱼的清梦。鱼嚼桃花影哪，自然与自然相融相生，美到地老天荒。

看到一棵梨树，开出落雪的模样。我走过去，坐在树下，奢侈地发呆。一个信息忽然过来，是远方的一个读者，她说，梅子老师，这些日子我过得很不快乐，我是一个特别在乎别人评价的人，你有过这样的烦恼吗？

我仰头望望一树的花，笑了。低头回复她，这样的烦恼，从前我也有过，现在没有了，因为，我的活，完全是我自己的事。就像一朵花的开放，它从来没有去征求过谁的同意。风也管不着，鸟也管不着，灵魂便自由了。

佳句精选

◇◇ 走在路上，我有君临天下的感觉，身边莺歌燕舞霓裳飘拂，后宫佳丽何止三千！

◇◇ 生命的丰饶，原在生命本身，无关别的。

◇◇ 我走进一片菜花地，老疑心耳边响着"嗒嗒嗒"的马蹄声，它是要揭竿而起吗？

◇◇ 水映着一树的花，花映着一河的水，红粉缥缈。有人在河边钓鱼，你看着那人，又欢喜又恼恨。你觉得他是在钓桃花瓣，却又搅了鱼的清梦。鱼嚼桃花影哪，自然与自然相融相生，美到地老天荒。

◇◇ 我的活，完全是我自己的事。就像一朵花的开放，它从来没有去征求过谁的同意。风也管不着，鸟也管不着，灵魂便自由了。

第一流 自是花中

　　这几天晚上，我颇喜欢到一条路边去坐坐。

　　也是偶然的发现，某天，打那儿过，鼻子里送进来一缕香，浓甜的，缠绵不绝。我知道，是桂花。心里一阵欢喜，每年桂花的盛开，总是鼻子先知道。

　　我装着这样的欢喜回家。一到晚上，想散步了，脚步不由自主往那条路奔去，我要去相会桂花。

　　白天的桂花，自然也是香的。但我觉得，有黑夜做底子，那香气，才会格外纯粹，是白天的芜杂所不能比肩的。就像现在，路两边静了，秋虫在哪里的草丛里唧唧，叫得又轻柔又温软。绿化带里栽着的树木们，这个时候，不分你高我低了，它们浑然一体，都是一团暗墨的影，亲热的一家子。星稀月朗，黛青色的天幕，辽阔　茫，好像是为了呼应这样的宁静。桂花们开始轮番登台。我可以想象到它们的样子，一个个撑着金黄的小伞，踮着小脚，鼓着小嘴，使劲地吹着香。或是，挥舞着金黄的衣袖，洒下一片又一片的香。远处人家的房子、灯光，近处的路，路上偶尔走过的行人，还有路旁的花草树木们，都沉没下去，迷醉了一般。桂花的香气浮上来，像水漫过来。天地间，只剩它的香在游走。

张开嘴，轻轻咬上一口，那香，仿佛就钻进嘴里了。这个时候的空气，像米糕，糯软的；又像酒，香醇的。桂花是酿酒的第一高手。想起李清照写的桂花："何须浅碧深红色，自是花中第一流。"莞尔。想来她是极爱桂花的，比别的花要甚。我不独独爱桂花，也爱荷花、菊花、梅花、兰花等等。这世上，总有些好花，让人一见欢喜。如同这世上总有些好人，在支撑着这世界的美好，让人心念转动，眼睛濡湿。

大自然让人恋恋的，是有这些好花在。人世间让人恋恋的，是有那些好人在。

就这样坐着，一个人，坐到双肩渐湿——夜露降了。露蘸着桂花的香桂花的甜，露便也是香的，便也是甜的。那么，我是扛着一肩的香和甜了。这么想着，我又笑了。也不知是哪里栽着的桂花树，我不去找，那根本不关紧，我只要闻着它的香。我来，它在。我不来，它也在，这就很好了。年轻时做过那样的傻事，喜欢的花，总想办法连枝剪下，插到家里的花瓶里，独自欣赏，以为那是爱它。等走过青春的浮躁、虚荣和执拗，岁月慢慢沉淀下来，渐渐明白了，占有未必就是拥有。有时，还不如放手，让它归于自然，各有各的路好走。

突然想起看过的一款美食，叫法直白得很，叫桂花藕粉羹。白瓷碗装着，琥珀色的藕粉羹之上，点缀着一小撮金黄的桂花。乍见之下，欢喜得很，金黄配了琥珀色，真是极尽温婉，想着入口一定极香甜柔滑，暖心又暖胃。很想尝试一下了。在这个星稀月朗的晚上，做上一碗桂花藕粉羹，慢慢喝下，当是件十分幸福的事。

佳句精选

◇◇ 每年桂花的盛开,总是鼻子先知道。

◇◇ 桂花们开始轮番登台。我可以想象到它们的样子,一个个撑着金黄的小伞,踮着小脚,鼓着小嘴,使劲地吹着香。或是,挥舞着金黄的衣袖,洒下一片又一片的香。

◇◇ 大自然让人恋恋的,是有这些好花在。人世间让人恋恋的,是有那些好人在。

◇◇ 露蘸着桂花的香桂花的甜,露便也是香的,便也是甜的。那么,我是扛着一肩的香和甜了。

◇◇ 等走过青春的浮躁、虚荣和执拗,岁月慢慢沉淀下来,渐渐明白了,占有未必就是拥有。有时,还不如放手,让它归于自然,各有各的路好走。

草世界，花菩提

薄荷，薄荷

不知它打哪儿来，最初的记忆里，就有它。屋后吧，凤仙花开得呼啦啦、呼啦啦，而它，姿态优雅地站立其中，恬淡地注视着，仿佛在看一群活泼的孩子，以一颗包容欣赏的心，由着它们热闹去。

最是奇怪大人们，咋就知道屋后有薄荷呢？他们是从来不看那些凤仙花的，但他们就是知道，哪里有凤仙花，哪里有薄荷。在他们眼里心里，每种植物的生长，都是天经地义的事，值不得大惊小怪，如同日升月落。他们吩咐一声："去，到屋后掐几片薄荷叶子来。"那是因为孩子们身上生痱子了，奇痒无比。孩子们得令，"嗖"一声飞奔过去，胡乱掐上一把来，满指满掌，皆是薄荷香啊。他们拿它冲了热水，给孩子们泡澡，孩子们的身上，散发出薄荷经久的清凉。还真是神奇的，只要洗上两次薄荷浴，孩子们身上的痱子就不痒了，不知不觉，消失了。

也有用薄荷泡茶喝的。不用多，沸水里丢下两片叶子足矣。我的父亲有个白瓷大茶缸，他每天早上外出干活，都泡上一大茶缸薄荷茶——凉着。暑热里归家，来不及脱了草帽，就奔向它，抱着它咕咚咕咚大灌一气，满足地长叹一声："真过瘾啊。"秋深时节，薄荷也凋零，那个茶缸没有薄荷可泡了，我们拿了它去清洗，手指上缠绕的，竟都是薄荷的味道。长长久久。

看过一个有关薄荷的神话：希腊冥王哈得斯爱上了善良的精灵曼茜，冥王的妻子佩瑟芬妮知道后，妒火中烧。她念魔咒把曼茜变成了一株小草，长在路边任人践踏，以为从此拔去眼中钉。让佩瑟芬妮怎么也没想到的是，曼茜变成的小草，身上竟散发出一股奇异的清香，赢得越来越多的人的喜爱，人们亲切地唤她，薄荷，薄荷。

喜欢这个故事，有德之人，必有神灵护佑，纵使她变成一株不起眼的小草。而薄荷的花语，恰恰是"有德之人"。从它的茎，到叶，到花，无一处不是清香与清凉的，可食，可入药。用薄荷做成的糖果与食品，多不胜数。最地道的，要数薄荷糖，过去贫穷年代，唯有它，可以与穷人相依为命。薄纸袋里，一装十粒，一毛钱就能买一袋。劳作疲惫的时候，拣一粒放嘴里，从嘴到心，立即被清凉填满。我的祖父祖母喜欢吃，我的父亲母亲喜欢吃，我们，也喜欢。

　　离故乡远了，以为离薄荷也远了。却于某一日，在我家花坛里，那开得满满的红的黄的美人蕉中，发现了一抹不一样的绿，凑近了看，竟是一株薄荷。或许是风吹过来的，或许是鸟衔过来的，或许是泥土本身带来的……它来了。我很吝啬地掐一片叶，置在枕边，于是清凉满枕。我多日的失眠，竟不治而愈。

　　从未谋面的文友，说要到我的小城来看我。我说："好，你来吧，我家里还长了薄荷。"她"扑哧"一声，在电话那头笑了，说："这个理由好，我不是去看你，我是去看薄荷的。"

佳句精选

◇◇ 在他们眼里心里，每种植物的生长，都是天经地义的事，值不得大惊小怪，如同日升月落。

◇◇ 秋深时节，薄荷也凋零，那个茶缸没有薄荷可泡了，我们拿了它去清洗，手指上缠绕的，竟都是薄荷的味道。长长久久。

◇◇ 有德之人，必有神灵护佑，纵使她变成一株不起眼的小草。

光阴如绣,蔓草生香

一

买来的生姜,忘了吃它,它兀自在塑料袋子里,长出芽来。哦,不,不对,那不是芽了,它有枝有叶,绿意盈盈,简直就是一株植物的模样了。

我把它移到花盆里,对它说,亲爱的姜,你长吧,按你自己的心意,长成你想要的样子。

我听见它的欢笑。是的,生命中,能按自己的心意生长,是件多么愉快的事!

同样这样长着的,还有红薯。还有绿豆。还有葱。

亦是忘了吃它们。它们就悄悄地退到一边，发芽，抽茎，长叶，端出一捧的绿来给我看。

时光大度而宽容，足够一个小生命，编织出属于它自己的梦。

二

早起，去看昨天开着的那朵扶桑。只一朵红，缀在我的窗台上，明艳得像红唇。楼下走过的人，抬头，都能看得见。

他们问，什么花啊？那么红！

我欢喜地答，扶桑啊。

现在，它已萎了。

生命的灿烂也只是一日工夫。但我知道，灿烂不在时间的长短。我已记住了它的模样。昨天的风也记住了。云也记住了。鸟也记住了。

昨天的云，落满窗。一只鸟儿，停在我的花旁，唧啾了大半天。

三

紫薇的花开得茂盛极了。

小城的路边都是，或红或紫，或蓝或白。一撮一撮，拼尽颜色，不藏不掖，有着傻傻的热情。看着它们，本是清素的心，也变得灼热起来，想笑，想爱，想对这个世界好。

还有木芙蓉和木槿，也是赶着趟儿地开。

还有合欢。已是秋了，它们居然还在开着花，柔情不减。

我在合欢树下走。我踮着脚，朝它们的花朵伸出鼻子去。旁边有人不解，看我。我说，香。那人也把鼻子凑过去，脸上有了笑意。

合欢的香，是小儿女的体香，那种淡淡的甜。让人的心发软。

还有一种树的叶子也极好闻，像薄荷。我每每走过它身边，都会去摘上两片叶子，放口袋里。

四

喜欢在黄昏时，出门去。

这个时候，万物都着上了温柔色，无一不是好的。

天上的云，开始手忙脚乱地换装，在太阳离去，夜幕降临前，它们总要来一场大型演出。赤橙黄绿青蓝紫——云的演出服，可真是多得数不清。

换好装的云，疯跑起来。不过眨眼工夫，它们就都汇聚到天边。天边的色彩变得繁复起来，斑驳得如同堆满了油画。又是奢华的、变幻莫测的。云的舞姿，实在太出神入化，曼妙得叫夕阳都融化了。

人不知道，他是多么有福分，每天都能欣赏到这样一场隆重的演出，且是免费的！人总是急急地往前赶，往前赶，硬生生错过了多少这样绚烂的黄昏。

我不急。我遇见了，必停下脚步，把它们看个够。

生命中的遇见，如此有限，这个黄昏走了，也便永远走了，不可再相见。然浮世的追逐，却是无限的，得失名利，哪有尽头？用有限，去换无限，那是顶不划算的事。我不愿意。

我愿意把我生命的三分之一匀出来，交给光阴，只为听听风吹，看看花开。只为在这样的黄昏底下，携一袖清风，看看云的演出。

五

想在白云垛上种点什么。

那真是一垛一垛的白云垛，它们一个挨着一个，随意而又散漫地席蓝天而坐。像丰收过后，晒场上蹲着的棉花垛。又像小时的我们，托着下巴，在田埂上坐着，等着谁给讲故事。

谁给它们讲故事呢？又会讲一个怎样的故事呢？

——我多想知道。

是不是关于小花和小蚂蚁的？是不是关于青草和羊群的？是不是关于溪水和小鱼的？

我想在那白云垛上，种上草。嫩绿的、翠绿的、青绿的、碧绿的草，配上这样的白，多么相称。风撑着青草的长篙，以云为舟，自由来去。真个是光阴如绣，蔓草生香。

佳句精选

◇◇ 时光大度而宽容,足够一个小生命,编织出属于它自己的梦。

◇◇ 生命的灿烂也只是一日工夫。但我知道,灿烂不在时间的长短。我已记住了它的模样。昨天的风也记住了。云也记住了。鸟也记住了。

◇◇ 合欢的香,是小儿女的体香,那种淡淡的甜。让人的心发软。

◇◇ 我愿意把我生命的三分之一匀出来,交给光阴,只为听听风吹,看看花开。

◇◇ 我想在那白云垛上,种上草。嫩绿的、翠绿的、青绿的、碧绿的草,配上这样的白,多么相称。风撑着青草的长篙,以云为舟,自由来去。真个是光阴如绣,蔓草生香。

在梅边

赏春,是要从赏梅开始的。

春天的第一张笑脸,是端给梅的。

蜡梅不算,蜡梅是寒冬的客人。"知访寒梅过野塘",说的是腊梅,又名蜡梅。《本草纲目》里有详解:

> 蜡梅,释名黄梅花,此物非梅类,因其与梅同时,香又相近,色似蜜蜡,故得此名。

春天认定的梅,是指春梅。

立春之后,我似乎就闻到空气中有梅香了。近些年,小城重视起绿化建设来，移来不少的梅，东一株西一株地栽着。河边有。路边有。公园里有。我居住的小区里也有。两三株红梅，点缀在微微起伏的草地上。陪伴着它们的，还有金桂、紫薇和栾树。

我在七楼上俯瞰下面的草地，看到一星点一星点的红，俏立在瘦瘦的枝头上，如彩笔轻点了那么一两下。那人站我身后，一探头，说，是梅花。我微笑，没吱声。

当然是梅花。

天仍是寒，我也还穿着冬天的衣裳，一不小心，竟惹上感冒了，咳嗽，低热，头微晕——都怨这反复无常的春，忽冷忽热的，也没个准。

如恋爱中的女人，她的心思你猜不透。

春天也在谈一场恋爱的。

一样的曲折迂回，患得患失，傻傻地天真着，也不过是要藏起它那颗想爱的心。然到底是藏不住的，一点一点，被这大自然识破。虫子们醒了。草绿起来。花开起来。它的爱，终要尘埃落定。那时，方得花红柳绿，人间四月天。是大团圆的美满结局。

可我不想等。我说，我想去南京看梅了。

那人不假思索，答应，好。

知我者，莫如他。他知道，每年这时节，我都要去赴一场春天的约会。婚姻一路,他不曾给我带来荣华富贵,却带给我现世的安稳和懂得。这是多少女人终其一生,求之不得的。

今生得他,幸焉。

南京的梅花谷,是梅的天下。

那里几乎汇聚了梅家族所有的亲人。

名字也大多婉转清扬着,比如宫粉。比如美人。比如骨里红。还有胭脂、照水和玉蝶。还有名叫别角晚水的,据说全国独此一株。

晴天,特别特别地晴。天便蓝得水汪汪的,像倒扣了一片高原的湖泊,车喧马嚣声落不进一点点来,真正是谷里一个世界,谷外一个世界。我赶早了,满谷的梅花,尚未完全开放,一粒一粒的花苞苞,鼓着小嘴儿,缀满枝枝丫丫。像彩色的小珍珠,可穿成手链,戴小女孩的腕上。

我穿过一树又一树梅,实在欢喜。我以为这是极好的,花要半开着,欲拒还迎,又含蓄又矜持,不一览无余,才最有看头。俗世里,一览无余的生活,会让人乏味。你总要留点私密,留点向往,留点期待。没有期待的人生,算什么呢!

一群老美人从我身边风一样刮过去,她们穿红着绿,系着花丝巾,戴着红帽子。我目测了一下,她们的平均年龄应在六十岁以上了。前面一人在探路,兴奋地惊叫,快来呀,这里呀,这里呀,这里开了一树啦!

哦，来了来了！后面的齐齐应道，兴奋地奔了过去，把满山谷的花香，都搅动得荡漾起来。她们是街坊邻居？是故交旧友？还是老同学？我在心里猜测着，莫名地感动。人生的路上，能有幸相遇，且一路同行至此，真是莫大的造化。

佳句精选

◇◇ 一样的曲折迂回，患得患失，傻傻地天真着，也不过是要藏起它那颗想爱的心。然到底是藏不住的，一点一点，被这大自然识破。虫子们醒了。草绿起来。花开起来。它的爱，终要尘埃落定。那时，方得花红柳绿，人间四月天。是大团圆的美满结局。

◇◇ 晴天，特别特别地晴。天便蓝得水汪汪的，像倒扣了一片高原的湖泊，车喧马嚣声落不进一点点来，真正是谷里一个世界，谷外一个世界。

◇◇ 花要半开着，欲拒还迎，又含蓄又矜持，不一览无余，才最有看头。俗世里，一览无余的生活，会让人乏味。你总要留点私密，留点向往，留点期待。没有期待的人生，算什么呢！

一壶春水漫桃花

三月里桃花开。所以一进三月,我嘴里就一直念念着,看桃花去吧,看桃花去吧。

哪里看去?自然是乡下。乡下的桃花,是追着春风开的。那会儿,桃树上的叶还未长全呢,花朵儿却迫不及待地,一朵挨着一朵开了。呼啦啦,是一树花满头。小脸儿粉粉的,红晕浸染,如情窦初开的女子。

树不是特意栽种,像风丢过来的种子,河边或屋后,就那么随意地长着一两棵。普通得不能再普通。却不妨,一朝花开,惹来满场惊艳:呀,原来不是乡下小姑娘啊,是仙子落凡尘。

记忆里,有桃花点点,在小院里,还有屋后。花开得好的时

草世界，花菩提

候，褐黑的茅草屋，也被映得水粉水粉的，有了许多妩媚在里头。只是那时年少，玩性大，飞奔的脚步，哪肯停下来好好欣赏桃花？根本不知道花什么时候开的，又什么时候落了，就那样辜负了大好春光。现在想想，那时丢掉的何止是大好春光？总以为有挥霍不尽的好光阴，哪知青春变白首，也不过是一下子的事。

读大学时，许多女生曾结伴去看桃花，浩浩荡荡。郊外有桃园，花盛开的时候，是浅粉的海洋。一车子全是女生，叽叽喳喳着。等到跳进那花的海洋里，全都变成一朵朵桃花了。粉色的心，唯春风怜惜。

在花树下欢跳着东奔西跑，不期然地，遇到本班一个男生。那男生的目光一直尾随着一个女生，痴痴的。他是爱她的。他看她的目光，就有了千朵万朵桃花在漾。她却毫不知觉，只管在一树一树的花下穿行、欢叫。我在一旁看得感动，暗恋原是这般花影飘摇，迷离生动。我替那个女生急，我在心里叫，你快回头看看他呀，看看他呀。多年后得知，他并不曾携她的手。毕业后，他们各奔东西，他有了他的日子，她有了她的岁月。

唐朝崔护有首很著名的诗："去年今日此门中，人面桃花相映红。人面不知何处去，桃花依旧笑春风。"诗人以桃花做了整首诗的底子，像白的宣纸上，泼了一团水粉，热闹着，又寂寞着。真叫人惆怅不已。花仍在，人却非。世间的缘分，原是这样的可遇不可求。

却记着那年那日,那人送我一枝桃花。桃花开在乡下的河边,他有事路过,禁不住那一树粉红的诱惑,趁人不备,去树上攀下一枝。百十里的路,他宝贝样地带给我,眼里汪着一整个春天。我于一刹那间爱上,从此义无反顾。那个春天,我的书桌上,有了一壶春水漫桃花。

这是他给予我的最浪漫的事。偶尔说起,我们已不再青春的心里,会蒙上一层迷醉。一枝桃花的感动,竟是终身的,谁能想到呢?

草世界，花菩提

佳句精选

◇◇ 乡下的桃花，是追着春风开的。那会儿，桃树上的叶还未长全呢，花朵儿却迫不及待地，一朵挨着一朵开了。呼啦啦，是一树花满头。小脸儿粉粉的，红晕浸染，如情窦初开的女子。

◇◇ 一朝花开，惹来满场惊艳：呀，原来不是乡下小姑娘啊，是仙子落凡尘。

◇◇ 粉色的心，唯春风怜惜。

◇◇ 他看她的目光，就有了千朵万朵桃花在漾。

◇◇ 花仍在，人却非。世间的缘分，原是这样的可遇不可求。

◇◇ 百十里的路，他宝贝样地带给我，眼里汪着一整个春天。我于一刹那间爱上，从此义无反顾。

◇◇ 一枝桃花的感动，竟是终身的，谁能想到呢？

听荷

去听荷吧，选一个月夜。月亮还不那么丰满，它还处在它的童年，像一瓣细长的菊花瓣，飘在天上，朦胧着。这个时候，最好。

荷开得刚刚好，是满塘开着的。月色清浅，满塘的荷，是墨色染成的一朵朵，与田田的叶，融为一体。与青碧的水，融为一体。与整个整个的夜色，融为一体。天空与大地，从没这么亲密过吧，你是我，我也是你。

塘——城里少见了。这口塘因小城大面积搞绿化，策划者中不知是谁拥有一颗诗意的心，在绿化带中，给挖出来的。周围遍植垂柳，塘里养荷。离塘不远的是桃园。再过去一些，是梨园。

草世界，花菩提

接着是桂花园、蜡梅园。这里便成了小城绝美的去处，春有桃花梨花，夏有荷花，秋有桂花，冬有蜡梅，季季有花，日日有好。

盛夏里，塘里的荷自然唱了主角，在层层涌现叠起的绿中间，荷一朵一朵，悄然盛开，如一阕阕小令。哪里能瞒得住风的耳朵？十里八里之外，风都能听到荷轻轻绽放的声音。风跑过来，拂过一朵一朵的花，把荷的清香，洒得四下飞溅。人闻到，一个愣神，啊，荷花开了。平淡的日子里，陡添一重欢喜，看荷去吧。

人家院子里有缸，缸里种荷。那荷也是顶守时的，六月的风一吹，它就开始踮起脚尖，一点一点，从浓密的叶间，探出一张张粉脸，顾盼生姿。荷的主人与人闲话，总似不经意添上一句，我家的荷开了。也引了三朋四友，以赏荷的名义，来家里小酌几杯。俗世的庸常里，就有了几分小雅。

这样看荷，自是热闹的。而月夜听荷，则是另一番情趣。在塘边，随便挑一块草地，坐下。周遭静，纯粹的静。各种声息，浮游上来，像小花猫的脚尖，于午夜时分，轻轻踩过屋上的瓦片。那是露珠滑落的声音，草叶舒展的声音，风在轻喃的声音，虫在欢唱的声音，荷在绽放的声音。满塘墨色的荷的影，你映着我的，我映着你的。你想起古人写，"水面清圆，一一风荷举"；又或是，"满塘素红碧，风起玉珠落"，哪里又能描尽它的风姿？你想用千万个好来夸它，一时又无从说起。

荷在轻轻吐香,你甚至听到它们的心跳。开尽的正在话别,下一场花开再相见。含苞的"啪"一声怒放,花蕊间,盛满思念的味道。待到白天,晴空暖日,人看到一塘的荷,仿佛从未曾少过哪一朵,谁知它们,早已在暗夜里完成了交接。

　　心中突然涌起感动,满满的。掉头看身边那个人,夜色里看不清他的样子,可是,他的呼吸就在耳边。岁月里还要什么山盟与海誓?能陪你来听这场荷,已经足够了。你伸手捉住他的手,什么话也不用说。懂的,都懂的。

　　远远的灯光,辉煌得像满天星斗,那儿,有家。这里,荷与月色尽享安宁,仿佛尘世尽头。而我们,终归要回到那热闹中去,内心却泊着一汪恬淡的水,有墨色的荷,在暗暗喷着香。以后再以后的日子,即便走过了千重山万重水,也一定记得这样一个月夜,我们一起来听荷。

佳句精选

◇◇ 月亮还不那么丰满,它还处在它的童年,像一瓣细长的菊花瓣,飘在天上,朦胧着。

◇◇ 荷一朵一朵,悄然盛开,如一阕阕小令。哪里能瞒得住风的耳朵?十里八里之外,风都能听到荷轻轻绽放的声音。风跑过来,拂过一朵一朵的花,把荷的清香,洒得四下飞溅。

◇◇ 周遭静,纯粹的静。各种声息,浮游上来,像小花猫的脚尖,于午夜时分,轻轻踩过屋上的瓦片。

◇◇ 开尽的正在话别,下一场花开再相见。含苞的"啪"一声怒放,花蕊间,盛满思念的味道。

◇◇ 岁月里还要什么山盟与海誓?能陪你来听这场荷,已经足够了。

◇◇ 远远的灯光,辉煌得像满天星斗,那儿,有家。这里,荷与月色尽享安宁,仿佛尘世尽头。

胭脂

突然听到"胭脂"这个名,我的心里,陡地吃了一惊。是唤一个温软的女子,她有着细长的眉毛、细长的眼睛,生在江南烟雨的小巷里,暗香浮动,摇曳生姿。又或是,古有女子,对镜理红妆,是"谁堪览明镜,持许照红妆",是"玉面耶溪女,青娥红粉妆"——这里的"红",就是胭脂。素手纤纤在胭脂盒内蘸取一点,拍在腮上,女子的脸,立即艳若桃花。

彼时,夕照满天,我正弯腰,在细细打量一丛花。那是块拆迁地,断壁残垣处,它开得勃勃生机,喜庆热闹,全然不理会周遭一片瓦砾倾轧。紫红的一朵朵,昂昂然,艳,鲜嫩,有股不屈不挠的架势。在我，是旧相识。只是没想到，暌别多年，竟会在城市的一隅与它不期而遇。

一位遛狗的老先生路过，以为我不识此花，随口告诉我，这是胭脂啊。因他这一说，我认定他是个文化人。我用微笑向他致意，颔首谢过，却在心里面翻江倒海。

它居然有这么个香艳的名字！

童年的乡下，家家都有这么一大丛胭脂的，长在厨房门口。仿佛它生来就长在那儿，是乡村应有的模样。像屋后面有河，弯弯的田埂边开野花。像屋顶上歇着无数的雀，牛羊的叫声，此起彼伏。

它在傍晚开，早上合，和月亮一起盛放，和星星们一起旖旎，它是夜的精灵。当然，我的乡亲们远没这么抒情，在他们眼里，天地万物，原都是该派的样子，是命里注定的。鱼在河里游，鸟在天上飞，没什么可奇怪的。家家做晚饭不看钟点，只要瞟一眼厨房门口的花就是了。哦，晚婆娘花开了，该做晚饭了，他们自言自语。

对，他们叫它，晚婆娘花。是勤恳持家的小主妇，夜幕降临了，还不肯歇息，纳鞋打粮，为一家人的生计打拼，直到月亮累弯了腰，花儿也要睡了。

断指七爷的家门口，也长着这么一大蓬胭脂花。七爷的断指，说是打仗时打掉的。激战中，他用手去挡子弹，子弹一下子削去了他四根手指。

我们小孩子好奇，问他，七爷，你真打过仗吗？

七爷从鼻孔里"哧"出一声，不搭理我们，自去喝他的老酒。一桌一椅，一人一壶，斟满一个夕阳。鸟雀声稠密，一旁的胭脂花，开得沸沸扬扬。

我们傻傻看着，被眼前景怔得无话可说。这时，突然听到七爷幽幽吐出一句，喊，我跨过鸭绿江时，你们这些小毛头还不知在哪片草叶上飘哪。

我们不懂什么鸭绿江，但从他的神态上，肯定了他果真是打过仗的，心里便把他当英雄崇拜。村里人也都这么崇拜着，对他尊重有加。他无后，孤身一人，住两间茅棚，极少种地，家里却从不缺吃的。谁家新打了粮，有了时令蔬菜，都给他送。我受母亲委托，曾给他送过扁豆。这任务让我觉得光荣。小篮子提着，全是新摘下来的扁豆，散发出一缕一缕清香的味道。他收下扁豆，叫我好姑娘，在空篮子里放上两块糖，说，替我谢谢你妈妈。他这么一说，我真是高兴得不得了。有糖吃自然高兴，还有他谦和的语气，也让我莫名开心。

一年一年的，村庄见老了，七爷却不见老。前几年我回乡遇见，他还是那般样子，八九十岁的人了，耳不聋，眼不花，一顿饭还能喝掉半斤酒。全村人都把他当老佛爷了，家家有事，他都是座上宾。

草世界，花菩提

他的房子村人们给新修了，小瓦盖顶，门窗结实。只遗憾着，门前不见了胭脂花。

佳句精选

◇◇ 紫红的一朵朵，昂昂然，艳，鲜嫩，有股不屈不挠的架势。

◇◇ 它在傍晚开，早上合，和月亮一起盛放，和星星们一起旖旎，它是夜的精灵。

◇◇ 一桌一椅，一人一壶，斟满一个夕阳。鸟雀声稠密，一旁的胭脂花，开得沸沸扬扬。

染教世界都香

秋风吹了几吹,桂花也就开了。

每年,它都是如此守时。不管你有没有在等,不管你有没有把它放在心上,它都会来,只为赴它自己的约。

它来,是高调着的,霸气着的,是锣鼓齐鸣着的,沸沸扬扬着的。它就是它的小宇宙。

没有人会嫌恶了它的高调。谁会呢!人家的底气在那儿摆着呢,不过一两枝花开,就能"染教世界都香"。

香是香得风也打着转转,醉醺醺不知往哪儿吹。我和那人沿一条河边大道,慢慢走。桂花的香和甜,在身边缠绕不休。我们走到东,它跟到东。我们走到西,它跟到西。我们走到一座桥上

草世界，花菩提

去，它竟也跟到桥上去。像个懵懂可爱的孩童，抓一支蘸满香料的笔，逮到什么涂什么，想涂抹出一个他的世界来。你拿他是一丁点儿办法也没有的。也只好纵容着他，宠溺着他，任他爬到你的身上，乱涂乱画。哪一笔里，不是香和甜哪！是初入尘世的天真和好。

夜色在桂花香里弥漫。河里偶有船只驶过，呜呜响着。船头的灯，如萤火。我微笑地看着它驶过我的身侧。它是否载了一船的桂花香而去？辛苦的奔波里，拌了这样的花香，也算是慰藉是奖赏了。

虫鸣声变得轻柔，不知它们躲在哪一棵树的后面。它们喁喁着，很懂事的，生怕惊扰了什么。没到十五，月亮还不是很圆满，却更显得静美。像开到一半的白莲花，浮在靛青色的夜幕上。有人从身边走过，他们携来一阵香风，又携走一阵香风。我和那人，有一句没一句地说着些话。一切都好到不能再好。天地是。万物是。人是。情绪像鼓胀起来的风帆，意气风发，只想破浪劈涛，朝着远方航行去。

这样的时光，真真叫人舍不得。像小时候品尝那难得的一块麦芽糖，和月饼，小心地捧在掌心里，傻傻地笑着，看着，快乐在心里冒着泡泡，舍不得动口去咬它。怕一下口，就把它给咬没了。

想来小时也就知道，甜美的东西，是要珍惜着的，是要慢慢消化着的。不然,就是莫大的辜负。

那人对着夜空,深深呼吸一口,再深深呼吸一口,叹道,真好啊。

是啊,真好啊。一年有这样一场桂花开,人生里,也就多出许多的不舍来。纵使遇着这样的不顺、那样的艰难,仍有这般的好时光,它不会负你。活着,也便值了!

草世界，花菩提

佳句精选

◇◇ 它来，是高调着的，霸气着的，是锣鼓齐鸣着的，沸沸扬扬着的。它就是它的小宇宙。

◇◇ 香是香得风也打着转转，醉醺醺不知往哪儿吹。

◇◇ 哪一笔里，不是香和甜哪！是初入尘世的天真和好。

◇◇ 船头的灯，如萤火。我微笑地看着它驶过我的身侧。它是否载了一船的桂花香而去？辛苦的奔波里，拌了这样的花香，也算是慰藉是奖赏了。

◇◇ 没到十五，月亮还不是很圆满，却更显得静美。像开到一半的白莲花，浮在靛青色的夜幕上。

◇◇ 一切都好到不能再好。天地是。万物是。人是。情绪像鼓胀起来的风帆，意气风发，只想破浪劈涛，朝着远方航行去。

鸟窝·菊花

有两样东西,无论在什么地方看见,我的心里总会腾起细波来,碎碎的。似轻风拂过,每道褶皱里,都是柔软与温情。这两样东西,一是鸟窝,一是菊花。

鸟窝筑在高高的树上,树是刺槐树,和苦楝树。乡村里,这两种树特别好长,家家房前屋后,都有几棵几人合抱才抱得过来的刺槐和苦楝,也不知它们到底生长了多少年,它们应该比村庄还要老。春生家的白眉毛老爷爷说,他小时候,就在这样的树上掏鸟窝的。

鸟窝都是喜鹊们筑的。乡村多喜鹊,一领一大群,在人家房屋顶上喳喳喳,在田野上空喳喳喳。这种鸟,天生的憨厚,只要

草世界，花菩提

一扯开嗓子，就欢快得很，仿佛从不知忧愁。它们筑的窝，大，有面盆那么大，托在高高的枝丫上。窝筑得简陋，枯树枝乱七八糟搭在一起。它们是憨夫憨妇过日子，搭了窝棚住，也能将就着，只要每天能看到太阳升起，日子里就有快乐。

天气开始转凉的时候，村庄的鸟儿，都远飞到温暖的他乡去了，只剩麻雀和喜鹊。麻雀四处流浪着，飞到哪儿住哪儿。柴禾里，竹林里，芦苇丛里……得过且过着。只有喜鹊，还守着它们的窝，一板一眼地过着日子。

风一阵紧似一阵，刺槐树上的叶掉了。苦楝树上的叶掉了。直到一个村庄的叶，都掉得差不多了。天空开始变得又高又远，村庄呈苍茫色。光秃的枝丫上，喜鹊的窝，有些孤零零的。秋深得很彻底了。

这时，却有另外的艳丽色彩跳出来。那是屋檐下的一丛菊，并不曾留意，它们是什么时候生长的，从冒芽，到长叶，到打花苞苞，它们都默默无言地进行着。一朝花开，却映亮了一个庄子。每家的茅草房，都变得黄灿灿。邻家女子，这时节有人来相亲，没有胭脂水粉好打扮，就掐一朵黄菊花，插到发里面。见了人，羞涩地低下头，寻常女子，也有了婉约和动人。

李清照说，人比黄花瘦。她说的黄花，是指菊吧。我却不认同的。菊哪里瘦了？我记忆里的菊，是一大朵一大朵怒放着的，丰腴着的。黄巢的"满城尽带黄金甲"好，把菊的声势给写出来了。当一个村庄的菊花都盛开了时,那真是满村庄尽带黄金甲了。你旅途劳顿,远远归来,望见村庄。这时,跳入你眼帘的,有两样东西,一是高高的树上,蹲着的大大的鸟窝。一是家家门口,捧出的一片金黄。你奔波的劳顿立即消散,你想到家里温暖的灶台,冒着热气的玉米粥,拌了两滴麻油的小菜,还有,倚门守望的人。再大的寒潮,也侵袭不到你了。

有家可归,有人在等,是幸福的。这种幸福的味道,经年之后,你还能咂摸出那层浓烈。对故乡的感情,原是深入到骨子里的。

我在另一个秋天,去拜访一个朋友。朋友住在一个小镇上,房前有树,房后也有树。我惊喜地看到,朋友家房前的树上,蹲了两只大大的鸟窝。屋檐下,一丛黄菊花,开得正明艳。我脱口对朋友说,我喜欢你这里,很喜欢。

来年的春天,朋友到我居住的小城,遇到我,我尚未开口,他就说,你放心,那鸟窝还在,那菊花也还在,到秋天,就会开花。

草世界，花菩提

佳句精选

◇◇ 它们是憨夫憨妇过日子，搭了窝棚住，也能将就着，只要每天能看到太阳升起，日子里就有快乐。

◇◇ 一朝花开，却映亮了一个庄子。每家的茅草房，都变得黄灿灿。

◇◇ 有家可归，有人在等，是幸福的。这种幸福的味道，经年之后，你还能咂摸出那层浓烈。对故乡的感情，原是深入到骨子里的。

且香,且媚。
且媚,且香。
一生的好年华,
原也经不起等的,
风一吹,
就要谢了呀。

草世界,花菩提

一枝疏影待人来

老枣树

老家的院子一角，一直长着一棵枣树。枣树枝叶蓬勃时，能遮挡住半幢房子。屋内的光线因它的分割，显得明明暗暗。我妈做针线，看不清针脚了，她会抬头看一眼窗外的枣树，自言自语道，枣树遮住光了。但从不曾想过动它，就这么让它任性地长着。

这棵枣树，到底活了多大年纪了，我爷爷在世时，也说不清。我爸更是说不清了，我爸说，打小，家门口就长着的。他们兄妹六七个，都是吃着这棵枣树上的枣长大的。

枣树原在爷爷的老家待着的。爷爷成年后，分家产，这棵枣树，也成了家产的一部分，被分给了爷爷。

爷爷带着这棵枣树，到百十里外的荒地里安了家。三间茅草屋搭起，这棵枣树，被植在了茅草屋前，成了我们家的标志。它结果时，累累一树，方圆一二十里的人都知道。

到我记事时，这棵枣树，已被人称为老枣树了。我小时，走丢过，站在大路上直着嗓子哭。人问，孩子，你家住哪里呀？我抽抽泣泣答，我家房子前长棵老枣树。人便一拍巴掌，恍然大悟，哦，是丁志煜家的啊。因了这棵老枣树，我被顺利送回家。

我十岁那年，我家搬迁到河对岸去。我奶奶不舍得这棵老枣树，执意也要把它搬走。我爸请了人来搬它，人一锹下去，损伤它不少的根。我奶奶心疼得不得了，拿些碎布头包住它的根。它被栽到了新家的院子一角，大家都说，怕是难成活的。但最终，它却活过来了，抽枝、长叶、开花、结果，从不怠慢任何一步。

这棵枣树上的枣子，甜了我们兄妹几个的童年、少年，成了我们心目中家庭中的一员。我们去外地念书，给家里人写信，在最后，也总要问候一下老枣树，老枣树还好吧？

我爸认真回，好着呢，开一树花了。或者回，又结好多枣子了。

枣子总能留到我们寒假归来时吃。我奶奶拣大个的，一颗一颗洗净了，晒干了，装在陶罐里。枣子红红的，一口一个甜。我们吃着，觉得安稳快乐，外面再多的繁华旖旎，也不及家里一颗枣子的好。奔波在外的心，终落到实处。

草世界，花菩提

　　后来，我们兄妹几个，一个个离家了，有了自己的小窝。然每到枣子成熟的时候，我们都不约而同回老家去，屋前屋后转转，看看老枣树，摘下一颗一颗的甜。一家老小，围桌而坐，一个都不少，其乐融融。有老枣树在，时光好像还是从前的样子。

　　随着我奶奶和爷爷的相继过世，老枣树也一年不如一年了。先是枝条枯萎，继而，树干腐朽，脆弱不堪。起初，还有少量枝条硬撑着，在春天爆出新绿，在夏初开出花，在秋天果子成熟。到最后，它实在撑不住了，一树的衰败暗哑。

　　终有一天，等我们兄妹几个都在家，我爸跟我们商量，把老枣树砍了吧？

　　哦？我们都很意外。看看老枣树，它缩在院子一角，像衰老干瘪着的一个人，怕是连吹过的一缕轻风也扛不住了吧。我们相互看一眼，说，好啊，那就……砍了罢。

　　再回老家去，我在院子里转着、转着，竟意外发现，在原先老枣树生长的地方，竟冒出一棵小枣树来，探头探脑着，顶一身翠翠的嫩叶子，在阳光下笑意婆娑。

佳句精选

◇◇ 枣树枝叶蓬勃时，能遮挡住半幢房子。屋内的光线因它的分割，显得明明暗暗。

◇◇ 枣子红红的，一口一个甜。我们吃着，觉得安稳快乐，外面再多的繁华旖旎，也不及家里一颗枣子的好。奔波在外的心，终落到实处。

◇◇ 然每到枣子成熟的时候，我们都不约而同回老家去，屋前屋后转转，看看老枣树，摘下一颗一颗的甜。一家老小，围桌而坐，一个都不少，其乐融融。有老枣树在，时光好像还是从前的样子。

◇◇ 再回老家去，我在院子里转着、转着，竟意外发现，在原先老枣树生长的地方，竟冒出一棵小枣树来，探头探脑着，顶一身翠翠的嫩叶子，在阳光下笑意婆娑。

花香缠绕的日子

要集体搬去新校区了。

大家齐聚老校区,热热闹闹地拍照留念。我悄悄一个人,在校园里各处走了走。我走得很慢很慢,每一步里,都有着从前的影子。

12年,整整12年,我在那里。

在那里,我结识最多的,是花。春天,图书楼西侧的榆叶梅开得噼里啪啦。围着墙角一圈儿的葱兰,慢慢儿地,也都开花了。最初看到那一朵一朵小小的白,低到尘埃,不声不响地开着,我真的很意外。想它们才是花中君子,守得住清贫与孤寂。

办公楼前面是草坪。草坪的四周,都被花环抱了。鸢尾的花,是浅紫的,像大翅膀的蝴蝶。一度,我误以为它是蝴蝶兰。虞美人的花,是踮着脚尖开的,亭亭着,花瓣儿薄绸子一样的。我喜欢采几瓣,夹在书里面。我在教室里讲课,讲着讲着,翻开一页,看到那瓣"薄绸子",会心地笑上一笑。打碗花是野生的吧?浅粉的小喇叭,一朵朵,跟精致的小酒盅似的,盛着日光的酒。月季的花,丰腴而妖娆,极有贵妃派头。我从那里经过,敌不过它的诱惑,凑过鼻子去,闻上一闻,满衣袖都沾着它的香。

  通往教学楼道路的两侧,更是花们的天下。二三月份,水仙花开得茂密。我是第一次看见水仙花长在土里面,又朴实又活泼,有种娇俏在里头。四五月份,红花酢浆草开花了。粉红的小花朵,不过指甲大小,却层出不穷,一开一大片,像铺着花地毯,特别招惹小白蝶。小白蝶成群结队飞过来,好似又开出些白的花。

  茑萝开花了。花朵镶在细细的藤蔓上,跟小星星似的,文气得很。看到它,我总要想到《诗经》中的句子:"茑为女萝,施于松柏。"当然,此花非彼花。但还是有着渊源的,因形态的相像,它把茑与萝的名字合二为一。

  不得不说一下教学楼一侧的紫藤花廊。四月里,紫藤花开。那一条花廊,美得像吴冠中的画。画廊下,常有孩子们的身影在晃动。花映着孩子们的脸,孩子们的脸映着花,让人好生羡慕那样的时光,青春无可匹敌。

教学楼的东侧,有河,南北走向。河边树木森森。春天,一两树桃花,傍河而开。一枝枝艳粉的花,探到水里面。我会在那里流连忘返,想着醉倚桃红,亦是人间一大乐事。

紧接着,樱桃花该开了。凌霄花该开了。荷花玉兰该开了。七里香该开了。翠竹浓荫,我在楼上上课,稍一低头,便会闻到一阵一阵的花香。是荷花玉兰,或是七里香的。我和孩子们在花香里读书,书上的每个字,都是香的了。

秋天的校园,也是好看的。沿河的法国梧桐,叶片儿慢慢染上淡黄、金黄、褐黄,斑驳得像油画。花坛里的小雏菊们争先恐后挤挤挨挨地开了花,粉紫、深红、橘黄、莹白,颜色缤纷,总要开到初冬才作罢。

艺术楼墙上的爬山虎,叶片儿也渐渐变红了。在白的瓷砖上,尤为耀眼。一面墙上镶着那样的一两棵,美好得像宋词。

桂花隆重登场了。这花甫一盛开,就是满校园沸腾,香哪,香得四处乱窜。那些日子,我们走路都是一步一香的。上课也是。看书也是。我每在黑板上写一个字,每翻一页书,每说一句话,都有香气缠绕不休。

冬天,有蜡梅花开。那一年大雪,我在教室里上课,蜡梅花的香钻进鼻子里来,逗引得人心旌摇荡。哪里还上得下去课呢!我对孩子们说,不上课了,我们去雪地里玩吧。我就真的领着他们去雪地里玩了。我一边找寻着雪中的蜡梅,一边看孩子们在雪地里奔跑。他们欢笑的样子,像雪,散发出晶莹的光芒。

写到这里,一个词突然漫上心头,那个词,叫怀念。

是啊,真怀念啊。

草世界，花菩提

佳句精选

◇◇ 打碗花是野生的吧？浅粉的小喇叭，一朵朵，跟精致的小酒盅似的，盛着日光的酒。

◇◇ 花映着孩子们的脸，孩子们的脸映着花，让人好生羡慕那样的时光，青春无可匹敌。

◇◇ 沿河的法国梧桐，叶片儿慢慢染上淡黄、金黄、褐黄，斑驳得像油画。

◇◇ 艺术楼墙上的爬山虎，叶片儿也渐渐变红了。在白的瓷砖上，尤为耀眼。一面墙上镶着那样的一两棵，美好得像宋词。

◇◇ 我一边找寻着雪中的蜡梅，一边看孩子们在雪地里奔跑。他们欢笑的样子，像雪，散发出晶莹的光芒。

人间四月天

这个时候,眼睛里看到的,都是好的。怎么看,都是好的。人间四月天哪。

我从窗户里一探头,就看见屋旁人家院子里的桃花。那里,梅已开过,桃花开始粉墨登场。只一棵树,算不得繁密,像国画大师随意挥毫,勾勒出那么几枝,风骨却立时显露出来。一小朵一小朵粉红的花,撑在上头,凌空远眺,眼波流转,顾盼生风。

我总要呆呆地望上一阵子,望得心里也开出花来。有好几次我都瞅见那户人家胖胖的妇人,在花树下拾掇着什么。妇人是个厉害的角色,常听她大着嗓门,在喝骂自家孩子,雷霆万钧。有一次,我还碰见她在小区门口跟人吵架,唾沫横飞,委实泼辣。

这会儿，一树的花，映得她整个的人，水粉水粉的。她变得温柔可亲，落到我的眼里，也像画了。

总觉得桃花这样的花，豁达得很，群居来得，独处也来得。成片的桃园，它们你挤我挨，铺天盖地，波澜壮阔，美得让人心慌意乱。然单单的一棵，也不显得冷落。乡村人家常常就长着这么一棵，四月天，它从屋后探出半个身子来，变魔术似的，掏出一朵花，再掏出一朵，无穷无尽，喷红吐粉。周围再多的麦绿花黄，也立即做了陪衬，只那半树的花，勾魂摄魄。

茶花开得就有些傻了。阳台上有一盆，从三月一直开到现在，越发开得无心无肺。瞧它盛开的架势，不把一个春天开完，是绝不罢休的。我有些惊讶的是它的凋谢，不是一瓣一瓣凋零，而是整朵整朵掉落。它算得上是花中真名士，即便谢了，也保持盛开的姿势。

也终于轮到垂丝海棠上台了，它擎着一树的花苞苞已等候多时。四月的东风一吹，它就满满地怒放了，红粉美艳，遮天蔽日。人在它边上走，有种锣鼓喧天鞭炮齐鸣的感觉。

——让人产生这种感觉的，还有菜花。

菜花得去乡下看。

乡下的四月天，真是奢侈得不行，叫得上名儿叫不上名儿的植物们，都蓄着一股劲，开花的拼命开花，吐绿的拼命吐绿，没有哪一样，不是入得景上得画的。且不说桃花，不说梨花，不说杏花和苹果花，单单是野地里的那些蒲公英、一年蓬、婆婆纳和野菊花们，就足以晃花你的眼，你有些忙不过来了，不知道先看哪一样才好。

而成片的油菜花，简直让你的呼吸不能顺畅了。那种气势磅礴，那种淋漓尽致，那种不管不顾，只埋头拼命焚烧般的盛开，真真叫人忧伤得很了。美到极致的事物，往往总令人发愁，不知拿它们怎么办才好。站在菜花地里，你的眼睛被染得金黄。你的脸庞被染得金黄。你的头发被染得金黄。你的手，你的脚，你整个的人，无一不被染得金黄。你也成了菜花一朵。来吧！燃烧吧！让生命彻底地痛快一回。

惹看的，还有柳。有河的地方有。没河的地方也有。我见到一户人家屋前长柳，绿意轻染，让一幢小楼，变得秀气十足起来。古人喜折柳相赠，"柳条折尽花飞尽，借问行人归不归"。哎，为诗中人叹息，桃红柳绿时，最易相思。我想起牡丹花繁盛的洛阳城，多的是柳，街道两边，一棵伴着一棵。这四月天里，它们不定怎样的绿波纷扰，绊惹春风呢。

这个时候的春风，是可以煮着吃的。菜薹是香的。莴苣是香的。春韭是香的。还有蒜薹，烧肉是最好不过的，不吃肉，单拣那蒜薹吃了。烧鱼时若搁上一把蒜薹，鱼会变得格外的香，四月的好滋味，便在舌尖上缠绵。

草世界，花菩提

佳句精选

◇◇ 只一棵树，算不得繁密，像国画大师随意挥毫，勾勒出那么几枝，风骨却立时显露出来。一小朵一小朵粉红的花，撑在上头，凌空远眺，眼波流转，顾盼生风。

◇◇ 四月天，它从屋后探出半个身子来，变魔术似的，掏出一朵花，再掏出一朵，无穷无尽，喷红吐粉。

◇◇ 我有些惊讶的是它的凋谢，不是一瓣一瓣凋零，而是整朵整朵掉落。它算得上是花中真名士，即便谢了，也保持盛开的姿势。

◇◇ 站在菜花地里，你的眼睛被染得金黄。你的脸庞被染得金黄。你的头发被染得金黄。你的手，你的脚，你整个的人，无一不被染得金黄。你也成了菜花一朵。

◇◇ 这个时候的春风，是可以煮着吃的。

桃花流水窅然去

——题记：我相信，总有些青春，是这样走过来的……

小桥。流水。凉亭。茂密的垂柳，沿河岸长着。树干粗壮，上面布满褐色的皱纹，一看就是上了年纪的。桥这边一排平房，青砖黛瓦木头窗。桥那边一排平房，同样的青砖黛瓦木头窗。门一律地漆成枣红色。房前都有长长的走廊，圆拱门连着，跟幽深的隧道似的。还有长着法国梧桐的大院落，梧桐棵棵都壮硕得很，绿顶如盖。老人们说，当年这地方，是一个姓戴的地主家的大宅院。土改后，收归公家所有，几经周转，最后，改成了学校。周围六七个庄子的孩子，升上初中了，都集中到这儿来读书。门牌简单朴素,黑漆字写在白板子上——戴庄中学。

我念初中的时候,每日里走上六七里地,到这个中学来读书。都是十三四岁的孩子,今儿见着,还瘦小着呢,明儿再见,那个子已蹿长得跟棵小白杨似的。我也在不断地长着个头。母亲翻出旧年的衣衫给我穿,袖子嫌短了,衣摆不够长了。母亲在衣袖上接上一块,在下摆处,接上一块。用灰的布条,或蓝的布条。我穿着这样的衣裳,走在一群齐整的同学中间,内心自卑得如同倒伏在地的小草。

有女生,父亲是教师,家境优越。做教师的父亲帮她买漂亮的裙子,还有围巾。春天了,小河两岸的垂柳,绿茸茸地招人,撩拨得人心里发痒。我们的心,也跟着长出绿苞苞来,欣喜有,疼痛有,都是莫名的。课间休息,那个女生,从小桥那头走过来,脖子上系一条玫红色的围巾,风吹拂着她的围巾,吹拂成一道美丽的虹。她的头顶上方,垂下无数根绿丝绦。红的色彩,绿的色彩,把她衬托得像画中人。我确信,那会儿,全校所有同学的眼光,全都落在她的身上。她的人,款款在那些目光里。我渴盼也有条那样的红围巾,玫红色,花瓣一般地柔软。然以我家当时的经济条件,那是遥不可及的梦想。我变得忧伤。

我的身体亦开始出现了一些变化,开始长胖,开始来潮。第一次见到凳子上洇上的一摊殷红，我大惊失色。同桌女生比我年长，她悄声要我不要动，让我等全班同学走光了再走。她后来告诉我，女生长大了，每个月都要见血的。她帮我洗净了凳子，我羞愧得哭泣不已，觉得自己丑。

我变得不爱说话。即使被老师喊出来回答问题，声音也小得跟蚊子似的。班上男生女生打闹成一片，唯独我是孤独的。男生们帮女生取绰号，他们嘻嘻哈哈地叫，女生们嘻嘻哈哈地应。但他们愣是没帮我取绰号，让我时刻提着一颗心，担心他们在背地里取笑我。一天，同桌突然告诉我，你也有绰号的呀，你的绰号叫小胖。我的心，在那一刻黑沉沉地往下掉，掉到看不见的地方去了。

地理课上，教地理的老人家，在讲台前讲得眉飞色舞。底下的学生，却兀自说着话。老人家管不了，生气地摔了书本。我前排的男生学着他摔书本，不小心带动桌上的墨水瓶，墨水瓶飞起来，不偏不倚，洒了我一身。如果换了一个人，或许我不会那么难过，可偏偏洒我墨水的男生，是我一直暗暗喜欢的。他长得帅气，成绩好，歌唱得也好，还会吹笛子。虽然他一再道歉，在我，却是莫大的伤害，我坚定地认为，他是故意的。从此看见他，跟仇人似的。心却痛得无处安放。

上美术课了，同学们一阵雀跃。老师在黑板上画了一株桃花，让我们仿画。一缕春风从敞开的窗户吹进来，吹动我们的书本。有燕子在窗外呢喃。我的心,在那一刻想逃走,逃得远远的。我想起跟父亲去老街时,看见老街附近,有一片桃园,那时,桃正蜜甜在树上。若是千朵万朵桃花一齐怒放,会是什么样子?我想知道。

我突然就坐不住了,春风里仿佛伸出无数双手,把我使劲往校园外拽。我不要再见到男生的怪模样,女生的怪模样。不要再见到玫瑰红的围巾,别人有,而我没有。不要再见到前排的那个男生,他总是嬉皮笑脸着,露出一口洁白的牙。不要再见到秃顶的英语老师,眼光从镜片后射出来,严厉地盯着我问:"'今天天气如何'这句话怎么翻译?"

我要去看那些桃花——这想法让我兴奋。我努力按捺住跳动的心,把下午两节课挨下来。两节课后,是活动课,大多数同学,都到操场上玩去了,我溜出校门。满眼是碧绿的麦子,金黄的菜花。人家的房,淹在排山倒海的绿里面黄里面。风吹得人想飞。我一路狂奔,向着那片桃花地。

半路上,遇到一只小狗,有着麦秸黄的毛,有着琥珀似的眼睛。它蹲在路边看我,我也看它,我们的信任,几乎是在一瞬间达成。我走,它也走,起初它离我有几尺远的距离,后来,干脆绕到我的脚边。我临时给它起了个名副其实的名字,小狗。我叫:"小狗。"它就朝我摇摇尾巴,好像很满意我这叫法。我们一路相伴着走,一人,一狗,阳光照着,很暖和。

当大片的桃花，映入我的眼帘时，夜幕已四垂。一树一树的桃花，铺成一树一树的水粉，仿佛流淌的粉色的河，静静地，朝着夜暮深深处流去。看得我，想哭。有归家的农人，从桃园边过，他们不看桃花，他们看着我，奇怪地问："孩子，你找谁？"

我摇着头，走开。我在心里说，我不找谁，我只找桃花。

那一晚，我一直在桃园边游荡，陪着我的，是那条半路相遇的小狗。走累了，我们钻进桃园，倚着一棵桃树睡了，并不觉得害怕。

第二天清早，我原路返回，小狗一直跟着我。在校门口，我蹲下身子，抱住它的头，不得不跟它说再见。我后来进校园，回头，看到它蹲在校门口看我，眼睛里充满不舍，还有忧伤。

学校里早就闹翻了天，因为我的离校出走。母亲一夜未睡，在外面无头无绪地找了大半宿，一屁股跌坐到教室外的台阶上，哭。当看到我出现时，母亲又惊又怒。所有人都来追问我，到底去哪里了，为什么要离校出走？他们问，我就哭，直哭得上气不接下气，哭得他们反过来劝我不要哭了。其实我那时，根本不知道自己在哭什么，觉得像做了一场梦。但哭过后，我的心平静了，我安静地坐在教室里，读书，做作业。倒是我的同桌，想探听秘密似的，问我去了哪里。我不说。她眼光幽幽地看着窗外，向往地说："你去的地方，一定很好玩吧。"

　　成年后，跟母亲笑谈我年少时的种种，我问母亲："记不记得那一次我逃课？"

　　母亲问："哪一次？"

　　我说："去看桃花的那一次。"母亲"啊"一声，笑："你一直很乖的，哪里逃过课？"

佳句精选

◇◇ 春天了，小河两岸的垂柳，绿茸茸地招人，撩拨得人心里发痒。我们的心，也跟着长出绿苞苞来，欣喜有，疼痛有，都是莫名的。

◇◇ 那个女生，从小桥那头走过来，脖子上系一条玫红色的围巾，风吹拂着她的围巾，吹拂成一道美丽的虹。

◇◇ 我突然就坐不住了，春风里仿佛伸出无数双手，把我使劲往校园外拽。

◇◇ 满眼是碧绿的麦子，金黄的菜花。人家的房，淹在排山倒海的绿里面黄里面。风吹得人想飞。

◇◇ 一树一树的桃花，铺成一树一树的水粉，仿佛流淌的粉色的河，静静地，朝着夜暮深深处流去。

一枝疏影 待人来

一枝疏影待人来，是写梅的，寒梅。

寒冬的天，下过一场雪了吧？应该是。

雪映梅花。梅花照雪。两两相望，都是直往心里去了的。

视觉与味觉在纠缠。白，再也白不过雪。香，再也香不过寒梅。

雪没有什么人要等。

它是无拘无束自由身，想飘到哪里，就飘到哪里。想在哪里落脚，就在哪里落脚。它有本事在一夕之间，让整个世界彻底变了模样，银装素裹，别无杂色，只剩它一统天下——雪是很有能耐闹腾的。

寒梅却静,天性使然。说它是谦谦君子,又不太像,它讷于言,也不敏于行。

作为一棵树,寒梅是早已认命了的吧。被人栽在哪里,哪里就是它的一生之所,它再也挪动不了半步——除非它是南美洲的卷柏。

卷柏是会追着水走的。当卷柏在一个地方待得不耐烦了,觉得土壤再不能给它提供好吃好喝的了,它会拔脚就走。让身体蜷缩成一个圆球,滚呀滚呀,直到滚到它满意的地方为止。卷柏很有点泼皮无赖的样子,你待它再好,它也能一刀斩断情缘,不留恋,不叹息,连稍许的回头,也没有的。

寒梅做不到。寒梅传统得近乎固执,它独守着它的家园,直到老死,直到化成灰,也不会更改一点点。

寒梅心里能做的梦,也只是,在最好的年华,等着你来与它相遇。

它只能等。它的生,就是为了等。

百花肃杀之后,它登场。这是寒梅的小聪慧。要不然又能怎样呢?百花之中,它算不得出色的。貌相实在平淡,牡丹和芍药,荷和秋菊,哪一个不比它张扬。即便是用香来比拼,香到骨子里了,也还有桂花呢。也还有茉莉呢。也还有栀子呢。

天寒地冻里,百花让位,它才是独香一枝,貌压群芳。

草世界，花菩提

这该积蓄多大的勇气啊！为了博你流连，它拼上它的全部了。你惊讶于它的顽强，用冰清玉洁等词来赞美它，你却看不到，它的心也冷成一团的呀。寒气刀子似的，割着它的每一寸肌肤，它竭力装作若无其事，端出一脸的好模样，笑着。开呀，开呀，把心也全给打开来。

且香，且媚。且媚，且香。一生的好年华，原也经不起等的，风一吹，就要谢了呀。

心里真急，亲爱的，你来，你快来呀，你怎么还不来！

世界那么寥廓。花香那么寂静。是深宫女子，待宠幸。

有人说，凡尘里最大的不幸，是相遇之后被辜负。寒梅却说，不，不，是没有相遇，就被遗忘。连梦，也做不得。连回忆，也没有一点点。这才叫残忍。

淡的月光，给它描上象牙白的影。它是二八俏佳人。它等，它等呀等，等你来。有时会等到。有时等不到。生命原本就是一场寂然，这也是没办法的事。

然，可不可以这样理解：它在等你的时候，你其实早已在寻它。"溯游从之，宛在水中央。"你不过走慢了那么一小步，它在它的生命里，已完成了最美的绽放。你眼睁睁错过了，是怎生地后悔莫及，你不想辜负的呀，不想，不想呀。

就像小时，你盼娶新娘，有热闹可看，有喜糖可吃。是那样地喜洋洋，世上的好，仿佛都聚在那一时、那一刻了。偏着你们那里的风俗，娶新娘都在夜里进行。你等了又等，最后实在困得不行，你上床了。临睡前，再三跟大人说，到时记得叫醒我呵。

一觉醒来，天已大亮，人家的热闹早过，门前一地的鞭炮红屑屑。新娘子的红盖头早掀过了，新娘子亦已换上家常的衣裳，客走人散。你跺脚大哭，哭得委屈死了。他们不等你，他们竟然自己就热闹过了。你为此遗憾伤心了好些年。

佳句精选

◇◇ 雪映梅花。梅花照雪。两两相望,都是直往心里去了的。

◇◇ 寒梅心里能做的梦,也只是,在最好的年华,等着你来与它相遇。

◇◇ 它只能等。它的生,就是为了等。

◇◇ 且香,且媚。且媚,且香。一生的好年华,原也经不起等的,风一吹,就要谢了呀。

◇◇ 生命原本就是一场寂然,这也是没办法的事。

彼岸花

我画了一枝彼岸花。用大红和深红的色彩涂抹,描着描着,手怯。纸上的色彩,太鲜艳了,血一般的。

世上少见这种花,花与叶两不相见。花开,叶在彼岸;叶来,花在彼岸。一点不拖泥带水,决绝得叫人心疼。偏又血脉相连,枝枝蔓蔓上,都是对方的气息。那一个的在,是了然于心的。却注定了今生无缘,来世无分。

这世上,原还有一种情在,未曾相遇,便早已错过。

命运就是这样的蹉跎。是年少时的那个故事,记不得是谁讲的了。或许是我爷爷,或许是我父亲。说是一年轻男人,收听广播时,爱上了广播里的一个声音。每日晚上,那声音会准时响起，先是开场白：各位听众，晚上好。女声，甜美，清脆，如百灵鸟鸣啭。这声音有时会讲一两个小故事。有时会读一两篇小通讯。有时会播报几则时事。不管她讲什么，在年轻男人听来，都是极好的。他爱上了。

他去找她，不得见。给她写信，写了很多。终一天，她回复了，竟是妙龄女郎一个。他真是欢喜啊。他们约好见面。见面那天他早早去，却听说，她突然间犯了事，被送到某地劳改农场劳教去了。他辗转寻到那里，却被告之，她已被遣送至他乡。从此，音信杳无。他一辈子未曾娶妻，只等着那熟悉的声音再次响起。到死，他也没有等到。

故事真是悲，听得年少的心里，忧伤四起。茅屋檐下，彼岸花正不息地开。

那时不识此花。夏雨初歇，水滴花开，花纤弱，花瓣细长卷曲，一瓣一瓣，就那么卷着，红得触目。周遭顿时失色，只那一枝枝红，激荡着。祖母叫它龙爪花。我想不明白，它与龙有什么关联。也只把好奇装在肚子里，看见它，也只远远看着。我们掐桃花，掐大丽花，掐菊花，掐一切看得见的花，却从未曾掐下它来玩——小孩子是特别懂敬畏的，太美的事物里，藏着神圣，亵渎不得。

民间又一说，称它蛇花。

那年，在无锡，惠山上漫走，满山都开着这样的花。石头旁,小径边,或是一堆的杂草丛中。它是当野花开着的,没有一点点骄傲。然独特的气质,即便山野,也遮掩不了。那朵朵的艳红,把一座山,映得水灵而妩媚。喜欢,太喜欢了。我实在忍不住,掐一枝,拿手上把玩。

旁边走过三五个妇人,是老姐妹相聚着爬山的吧。她们对着我,叽叽咕咕说着什么,神情甚是着急。我听不懂,只能猜,以为她们指责我乱掐花草。于是很是羞愧,手上握着那朵花,扔也不是,不扔也不是。又想狡辩,啊,它是从岩石下面开出来的一朵,是杂草堆里的,是野花儿。

一中年男人走过,看到我们大眼瞪小眼的样,赶紧帮着翻译。告诉我,她们说,你手上的蛇花是有毒的,赶紧扔了吧。

回家查资料,果然。中医典籍上叫它石蒜,如是记载:

红花石蒜鳞茎性温,味辛、苦,有毒,入药有催吐、祛痰、消肿、止痛、解毒之效。但如误食,可能会导致中毒,轻者呕吐、腹泻,重者可能会导致中枢神经系统麻痹,有生命危险。

这让我想起"红颜祸水"一说。君王亡国,也怨了红颜。可是,有谁想过,祸水原不在红颜,而是绊惹她的那些个啊。如这彼岸花，它在它的世界里妖娆，关卿何事？你偏要惹它，只能中了它的蛊——它就是这样的轻侮不得。这骨子里的凛冽，倒让我敬佩了。

　　它还有个极禅意的名字，叫曼珠沙华。是佛经中描绘的天界之花，说见之者可断离恶业。

一枝疏影待人来

佳句精选

◇◇ 这世上，原还有一种情在，未曾相遇，便早已错过。

◇◇ 夏雨初歇，水滴花开，花纤弱，花瓣细长卷曲，一瓣一瓣，就那么卷着，红得触目。周遭顿时失色，只那一枝枝红，激荡着。

◇◇ 它是当野花开着的，没有一点点骄傲。然独特的气质，即便山野，也遮掩不了。那朵朵的艳红，把一座山，映得水灵而妩媚。

◇◇ 君王亡国，也怨了红颜。可是，有谁想过，祸水原不在红颜，而是绊惹她的那些个啊。

蒲

我们叫它,蒲。

蒲,蒲呀,我们这样轻轻唤。像唤自家的小姐妹。

蒲是跟苦艾长在一起的。有水的地方,几乎都能瞥见它的身影,绿身子,绿手臂,绿头发,在清风里兀自舒展,翛翛复翛翛。

它是从哪一天开始进入我们小孩的视野的?实在说不清。它跟乡下的许多植物一样,存在得那么天经地义合情合理。我们熟稔它,也是那么天经地义合情合理。就像河里本来就有鱼,空中本来就有飞鸟。它生来,就是村庄的一部分。端午节,家里大人一声令下,去采些蒲和苦艾回来。我们领旨般地,撒了欢地直奔它而去。都知道，它在哪块水塘里长得最茂盛呢。

这是一年一年承传下来的风俗，过端午，家家门上必插上蒲与苦艾。也在蚊帐里悬挂。也在家什柜上摆着。节日的气氛，被渲染得浓烈又隆重。

苦艾味苦，苦到骨头里，是愁眉苦脸的一个人哪，终年看不见他的笑。我们采一把苦艾，手上的苦味，搓洗很久，也去不掉。我们不爱。蒲却清清爽爽的，是喜眉喜眼的女儿家，又憨厚，又天真。它在水边端然坐，青罗裙带，长发飘拂，碧水缭绕，那方水域，也都染着淡香。我们拿它绿绿的枝叶缠辫梢，每一丝头发，都变得好闻。

夏天，它抽出一枝一枝橙黄的穗，像棍子一样的，我们叫它蒲棍。采了它，晚上点燃了熏蚊子，屋子里也就散发出好闻的蒲香味，像撒了一层薄薄的香料。我们也举着它，当灯，去草丛里捉蟋蟀、捉蚂蚱。

家里也总有几样物件，与它关联着，像蒲扇。它比不得芭蕉扇，又大又笨，扇出的风也大。蒲扇是轻的、软的，它轻摇慢拢，不疾不徐，永远是那么的好脾气，适合温顺的女人和孩子用。乡下的孩子，人人都有一把自己的小蒲扇的。

还有蒲席、蒲鞋。冬天在床上垫上蒲席，又轻软，又暖和。蒲鞋则是好多贫穷人家，冰天雪地里的暖。那时也只道它寻常，不过是野生野长的野草罢了，并不过分珍惜，也没过分看重，只是日日相见的那个寻常人，在骨子里亲着、爱着，却不自知。

经年之后，我在一些书籍里遇到它，才吃惊起来：原来，它的来历，非同一般。它入得了菜，入得了药，入得了酒，还入得了爱情。它简直就是隐世高人一个。

早在《诗经》里就有："其蔌维何？维笋及蒲。"盛筵之上，蒲和笋一样，是被当作佳肴摆上桌的。春日初生，它白嫩的根和茎，是鲜蔬中的珍品。

还是在《诗经》里，它闯进一个少女的心扉，成了她辗转反侧的爱恋，"彼泽之陂，有蒲与荷。有美一人，伤如之何"，"彼泽之陂，有蒲与茼。有美一人，硕大且卷"，"彼泽之陂，有蒲菡萏。有美一人，硕大且俨"。河畔泽地，它与荷在一起，它与兰花在一起，它与莲在一起，是那么地卓尔不群！英俊又健美的少年郎哪，怎不叫人相思！

蒲也被智慧的先民们，用来泡酒。"不效艾符趋习俗，但祈蒲酒话升平"，唐人殷尧藩在过端午时如是祈愿。在那之前，应该早已有了这样的传统，在端午，必喝上几杯蒲酒，祈愿人世安稳太平。有些地方，更是把此酒引到婚宴上，拟出"喜酒浮香蒲酒绿，榴花艳映佩花红"这样的对联，真个是美酒飘香，花美人俏，地久天长。

蒲还是上等的药材，全草入药，曰"香蒲"。它的学名，原就叫香蒲的。花粉亦是入得药的，叫"蒲黄"。果穗茸毛入药，则叫"蒲棒"。带有部分嫩茎的根茎入药，叫"蒲　"。这样的药煎熬出来，怕也带着一股子香的。

小城新辟的观光带中，不知是谁的大手笔，竟辟出四五个浅塘，里面长的，全是蒲。阔别它多年，偶然遇见，我的惊喜不言而喻。我不时跑过去看它。它开花，嫩黄浅白。它抽穗，橙黄的一枝枝，像棒槌一样的，昂立，长长的碧叶衬着，实在漂亮。它还有个别名，叫水蜡烛，真正是形象极了。它是替鱼照着光明？还是替莲和菱？还是心中本就生着一枝枝光明？

我每回去，都见有孩子在它边上玩耍。他们攀下一枝枝水蜡烛，在风中快乐地挥舞着。我为他们感到庆幸，有蒲熏着的童年，总有一缕清香在飘拂。

佳句精选

◇◇ 有水的地方,几乎都能瞥见它的身影,绿身子,绿手臂,绿头发,在清风里兀自舒展,翛翛复翛翛。

◇◇ 蒲却清清爽爽的,是喜眉喜眼的女儿家,又憨厚,又天真。它在水边端然坐,青罗裙带,长发飘拂,碧水缭绕,那方水域,也都染着淡香。

◇◇ 那时也只道它寻常,不过是野生野长的野草罢了,并不过分珍惜,也没过分看重,只是日日相见的那个寻常人,在骨子里亲着、爱着,却不自知。

◇◇ 它还有个别名,叫水蜡烛,真正是形象极了。它是替鱼照着光明?还是替莲和菱?还是心中本就生着一枝枝光明?

◇◇ 我为他们感到庆幸,有蒲熏着的童年,总有一缕清香在飘拂。

香菜开花

香菜开花，居然也那么好看——我是很有些惊奇的了。

照理说，我应该见过香菜开花的。从前的乡下，哪家没有这样的一畦菜蔬？用它凉拌云丝，或是萝卜丝，是顶好吃不过的。煮鱼或烧汤搁一点在里面，那鱼和汤，就香得不得了。乡下人叫它，芫荽。

花在乡野最容易被埋没，那是因为多。乡下几乎没有一种植物不开花。野蔷薇、紫云英和野菊花，一开一大片，把香气撒得到处都是，也无人去赏。农人们兀自在花旁劳作，浑然不觉。香菜开花，就更显得寂寂无闻。

然现在不同。现在，它是在我的花池里开了花，让我忽略

草世界，花菩提

不得。

院门前的花池里，曾入住过一拨一拨的植物。有我特意栽种的，像月季、美人蕉和海棠。也有主动跑来的，如狗尾巴草、婆婆纳、荠菜和一年蓬。我亦在里面种过扁豆，想有满池秋风扁豆花的。后来，扁豆果然蓬勃得不像话了。

只是，这棵香菜是什么时候来此安营扎寨的呢？不知。花池里本来长着一大丛茂密的海棠，都快把池子给撑破了。母亲来我家，看见，觉得浪费了，拔掉，栽上葱。母亲说："葱多好啊，家有葱花，做菜不求人的。"

葱却瘦，不情不愿的样子。每每看到它们，总让我觉得愧对它们，给它们浇淘米水，给它们施有机肥，还是不见它们茁壮起来。邻居看见，说："这块地的肥力没了，怕是被原来那丛海棠给吸收了。"我想想，觉得有道理。从此，对它们不再过问。

那日，我站小院门口，和邻居闲话，一瞥花池，竟看到了香菜。这太让我意外了。我走近了，弯腰细看，可不就是香菜！一棵，安居乐业在我的花池里，端出一副碧绿粉嫩的好模样。电话问母亲："可有帮我种过香菜？"母亲答："没有啊。"这更让我欢喜了，好吧，我当它是风吹来的礼物。

一日一日，它勤勉生长。葱们渐渐退居一隅，花池成了它的天下。

忽一日，它就开花了。想来它是早就蓄谋好了的，先是悄悄抽长，个头变高，终于亭亭起来，枝叶纷披。而后，它悄悄积攒着米粒似的小花苞，绿的，与绿叶子混在一起，不细看，还真看不出。一俟时机成熟，它便当仁不让地全部盛开，一头一身，全是细白的小碎花，满天星似的。隔着清风看过去，叶疏花细，很像蓝印花布上歇着的那一朵朵。花中生花，五朵环抱，精巧秀气，每一朵，都当得了古典美。

于是，我有了一池的香菜花可赏。无论远观，无论近看，它都上得了台面，不比人们钟爱的兰花逊色。对着它，我有些感动，我们相识很多年了，我却是第一次见识它的花。从前的从前，它应该就是这么开着花的。以后的以后，它还将会这么开着花。有人赏，或无人赏，对它来说，又有什么关系呢？它只管顺应着自然的法则，一路走下去，让生命按着生命的顺序成长。

想起曾看到的一句话："花的开落，不为旁衬或装点，花只是花，开落只在开落本身。"这颇像我们的寻常人生，一生默默，不离不舍，无关繁华与冷落，只认真地活着自己的活。

佳句精选

◇◇ 一棵，安居乐业在我的花池里，端出一副碧绿粉嫩的好模样。

◇◇ 隔着清风看过去，叶疏花细，很像蓝印花布上歇着的那一朵朵。花中生花，五朵环抱，精巧秀气，每一朵，都当得了古典美。

◇◇ 有人赏，或无人赏，对它来说，又有什么关系呢？它只管顺应着自然的法则，一路走下去，让生命按着生命的顺序成长。

◇◇ "花的开落，不为旁衬或装点，花只是花，开落只在开落本身。"这颇像我们的寻常人生，一生默默，不离不舍，无关繁华与冷落，只认真地活着自己的活。

合欢

六月天,我去山东高唐,随一行人到当地景点"柴府"小游。小径之上,忽与一树花撞上,绿叶蓬勃间,有粉色羽毛攒成的小扇子,轻歌曼舞——那是一团一团的花。红得浅浅的,却又艳得很。我问身边同行的作家原野:"知这是什么花吗?"原野抬头,认真打量,眼神里露出孩童的好奇,问:"什么花?"我笑了,告诉他:"合欢啊。"

这么说时,我的心里欢喜得很。说它,就像在说一个熟稔的知己,是恨不得全世界都要知道它的。

"认识"它,好些年了吧。那时,还年少,突然在一篇文章里与它相遇。彼时,它正开在一幅被面上,大团的花好月圆。作者只浅浅带过，说待嫁女子，盖一床大红被子，上面绣着大朵的合欢。我顿如被石化般地发了痴，合欢，合欢，多么地欢快和乐！是小女孩笑露出一排洁白的牙，被父母呵护在怀里；是小羊羔蹒跚着走路，阳光梳理着它的毛发，闪闪发光；是俗世的屋檐下，一家人团团围坐，桌上的菜肴，冒出香香的热气。——我展开无数的想象，想它是纯白的，丰美的，如莲，如百合。

后来，再长大些，读到纳兰性德的"不见合欢花，空倚相思树"之句，又发了一回呆。仿佛见满树的合欢，被风簌簌吹落。人再见，已是空留满枝绿痕，徒增忧伤——它原是染了相思的。

这之后，我也只在别人的文字里，偶尔一瞥它的影子。大抵都是盛放喜悦的。我就那么看着，跟着喜悦一下，以为它隔得远远的，是属于遥远的他方的，我抵达不了。

就这么过去了很多年，我早走过青春年少，一天，我在我居住的小城，偶然看到一树的花，像用粉色的绒线织出来的，红晕轻点，秀气得让人心里长出茸毛来。我当即在树下傻掉了，我确信我之前从没见过它。遍寻许多人，都摇头说不知它是什么花。最后，我拍了照，上网求证，立即有人在后面留言，轻浅的两个字：合欢。

那一刻，我只听到心"咚"地一下，疼疼地弹跳起来。青春年少的那匹马，嗒嗒嗒走过我那么多寂静的岁月。原来，它就是合欢。原来，它就是！我想起一句话来，世上最遥远的距离，不是相隔天涯，而是我一直守在你的跟前，你却不知道。

再见它，就寻常着了，城里几乎处处都有它的影子，从六月天，能开到八九月。傻傻地开，珍惜着开，绿叶相衬，花像一朵一朵粉红的云，浮在叶上面。凑近了闻，隐约的香，香得内敛而节制。

有时树下走着人。有时只有清风拂过。花只管开着，开着，总是无限欢喜的样子。每回见到，我都有欲落泪的冲动。我想，花心当如人心，只要心中有晴天，便日日晴着。

草世界，花菩提

佳句精选

◇◇ 说它，就像在说一个熟稔的知己，是恨不得全世界都要知道它的。

◇◇ 合欢，合欢，多么地欢快和乐！是小女孩笑露出一排洁白的牙，被父母呵护在怀里；是小羊羔蹒跚着走路，阳光梳理着它的毛发，闪闪发光；是俗世的屋檐下，一家人团团围坐，桌上的菜肴，冒出香香的热气。

◇◇ 仿佛瞭见满树的合欢，被风簌簌吹落。人再见，已是空留满枝绿痕，徒增忧伤——它原是染了相思的。

◇◇ 有时树下走着人。有时只有清风拂过。花只管开着，开着，总是无限欢喜的样子。

◇◇ 花心当如人心，只要心中有晴天，便日日晴着。

花池里的扁豆

一颗扁豆种子,像一枚小纽扣,亦像一只小眼睛。婆婆把它托在掌心,问我:"能不能种在门口的花池里?"

花池也小,院门一侧,砌了一个,花盆般大,里面已被美人蕉占了天地,哪里有供扁豆生长的空间?婆婆说:"扁豆只要一点点地方,就可以长出来的。"

那么,好吧,种下,种下。

其实,并没指望它能生根发芽,更没指望它能蓬勃起来开花结果。城里的空间如此局限,哪里有它舒展的余地。然而,它却生根了,发芽了,抽茎了,长叶了。起初,也只那么小小的绿,羞怯怯地,从肥硕的美人蕉下面探出头来。眼尖的邻居看见了,

草世界，花菩提

稀奇地叫："这不是扁豆吗？"

当然是扁豆。

"咦，你家还在花池里长扁豆，长了做什么呢？这一丁点儿地方，怕是长不起来的。"平时话语并不多的邻居，因这花池里的扁豆，驻足流连在我家院门口，说了一连串的话。

我笑着回："长着玩的，当花草养呢。"我的脑中蹦出郑板桥那句极有画意的诗句："满架秋风扁豆花。"我想象着，不久的将来，我将是满墙秋风扁豆花的。

也只是如此想象着，并不当真。它是那么纤弱，并无充足的养料供着，要爬满墙头，当是做梦吧。倒是眼瞅着美人蕉开花了，一朵接一朵，红红黄黄。吐出一朵，再来一朵，吐不尽似的。像小时看魔术师表演，不知那魔术师藏了多少红的黄的绸带，扯出一根来，再扯出一根来，手上红红黄黄一堆儿了，他那里仍在扯不尽地扯着。

扁豆呢？扁豆淡定得多了。时光里，它不紧不慢地迈着小碎步，藤蔓一点一点牵出来，叶子一片一片冒出来。看似漫不经心，实际上，人家却是处处存了心的。它先是不声不响地占下花池，把美人蕉挤到一隅。这还不够，它还爬上院墙，爬到再无处可攀，便又顺了墙体，爬进院子里。绿，一路绿着。我从院门口走过，它的藤蔓垂下来，碰着我的头。

花开。一串，一串，紫的，镶着白色的边儿，微微昂着小脸蛋,对着清风朗日。每一小朵,都像一个浅浅的笑,好看得很。

蝴蝶来了。一只斑斓的大蝴蝶。很显然,它是冲着这蓬扁豆来的。它绕着扁豆飞,一会儿伏在这朵花上面,一会儿停在那朵花上面,奢侈得不行。我站定在一旁,微笑着看,我当它是上天送我的礼物。我想到一个人,一个女人,她因患侏儒症,从小受尽冷眼与嘲讽,书也只读到小学。父母曾为她的出路愁断肠,半夜三更坐床上苦叹:"这丫头怎么好呢?肩不能担担,手不能提篮。"她却不言不语,暗下里学会了缝纫,专做童装。她做的童装,比商场里卖的还好看。后来,她在老街上,开了一家裁缝店,名声慢慢做大了,不少人慕名带了孩子,走上很远的路,去找她做衣裳。

亦相遇到喜欢的人,那人人高马大,竟不嫌弃她的矮小,心甘情愿给她打下手,独飞的鸟儿成了双。不久,她生下个漂亮的女儿,日子过得幸福美满。

这世上,总有些奇迹会发生,譬如,一颗扁豆种子的心中,蕴含的倔强。譬如,一个女人的柔弱里,迸发的力量。

草世界，花菩提

佳句精选

◇◇ 一颗扁豆种子，像一枚小纽扣，亦像一只小眼睛。

◇◇ 花开。一串，一串，紫的，镶着白色的边儿，微微昂着小脸蛋，对着清风朗日。每一小朵，都像一个浅浅的笑，好看得很。

◇◇ 蝴蝶来了。一只斑斓的大蝴蝶。很显然，它是冲着这蓬扁豆来的。它绕着扁豆飞，一会儿伏在这朵花上面，一会儿停在那朵花上面，奢侈得不行。我站定在一旁，微笑着看，我当它是上天送我的礼物。

◇◇ 这世上，总有些奇迹会发生，譬如，一颗扁豆种子的心中，蕴含的倔强。譬如，一个女人的柔弱里，迸发的力量。

红纱满桂香

这时节，总免不了要对桂花絮叨几句。

它是那么顽皮，又是那么莽撞，如装着满肚子好奇的稚气小童，跌跌绊绊地奔着、跑着，总是趁人不注意，偷袭于人，扰了人的心思。人在花香里愣神。也仅仅是稍一愣神，立即明了，哦，是桂花开了。

香，是它特有的香。无论是在烟雨朦胧的江南，还是在苍翠笼罩的秦岭，那香，是不改一丁点的。万千花木之中，你只要轻轻一嗅鼻子，就能轻易地辨认出它来。像熟悉得不能再熟悉的人，纵使久别，你也能在纷繁芜杂中，循着他的气息而去。

嗅，使劲嗅——是恨不得拖住身边走过的每一个人，让他们

草世界，花菩提

也闻闻这桂花香的。终有人觉着了不寻常，前行的脚步慢下来，左右巡视，脸上有笑意浮起，似自语，又似对你说："桂花开了呢。"

你回他一个笑。陌生的相逢，有时会因这点点花香，濡了心，在一瞬间达成默契。说什么都是多余的，那么，就笑笑吧，都懂的。

这时的桂花，也还是试探式的，枝头上爆出三五朵，像偷跑出门来的孩子，藏了香，这里洒一点儿，那里洒一点儿，它却躲在一边偷偷笑，就看众人的反应了。等大家终于觉悟起来，四处寻觅，欢喜地说："啊，是桂花啊。"它便再也按捺不住，飞跑出来，就差大着声叫了："对啊对啊，是我呀，我在这里啊！"一树的花朵，都被它唤醒了。大伙儿争先恐后提着香出来，到处泼。于是乎，角角落落，便都是它的香了。

这之后的大半个秋天，你总能不期然地遇到它。是在露水暗落的晚上，你走着走着，就被浓烈的香牵了脚步。你停下来，任花香围绕着你跳舞。忍不住想，露水用它调制成酒，给谁饮呢？是给秋虫吧，草丛里，秋虫们叫声缠绵，是喝醉了；是给秋风吧，秋风走得东倒西歪，吹起的每一缕里，都喷着香，是喝醉了；是给秋月吧，秋月眯着眼，脸上起了红晕，是喝醉了。你也仿佛醉了，一个晚上，你都异常高兴，看见谁都傻笑，性情温和得不得了。

最妙的，是在微雨中碰到它。这个时候，它化作滴滴香雨，落在你的眉上、发上、肩上，落在你的心里。你静静立着，感受着这份静美。多少年了，生命中走失过多少的人和事，再不相见。唯它，年年如期而至，从不背弃，亦不爽约。你很感动，生命中终有赤诚可信。

朋友心情不好，婚姻遇阻，像一道过不去的坎。你约她出来，于夜色中漫步。也不多说什么，有时，默默的陪伴，便是最好的慰藉。你们绕着街心公园一遍一遍走，突然，步子就乱了，是桂花的香惹乱的。你们上上下下一顿好找，却发现，它就在身边，那些做成矮墙的绿树，原来是被修剪过的桂花树，上面密布着小黄米似的花朵。

你摘一些碎花放朋友掌心，任她握着。回到家后，你接到朋友的电话，她说，手上全是香呢。我会好好的，你放心。

你笑了。你自然放心了，有这样的好香可闻，当是不会轻易浪费生命。突然想起李贺的《大堤曲》来，开首就染着浓郁的桂花香："妾家住横塘，红纱满桂香。"你实在被诗里女子的俏皮逗乐了，又是顶羡慕她的，多好啊，青春妙龄，明眸皓齿，怀着爱的情意，伫立在秋风中，一袭红衣，满袖都拢着桂花香。

佳句精选

◇◇ 万千花木之中,你只要轻轻一嗅鼻子,就能轻易地辨认出它来。像熟悉得不能再熟悉的人,纵使久别,你也能在纷繁芜杂中,循着他的气息而去。

◇◇ 这时的桂花,也还是试探式的,枝头上爆出三五朵,像偷跑出门来的孩子,藏了香,这里洒一点儿,那里洒一点儿,它却躲在一边偷偷笑,就看众人的反应了。

◇◇ 是在露水暗落的晚上,你走着走着,就被浓烈的香牵了脚步。你停下来,任花香围绕着你跳舞。忍不住想,露水用它调制成酒,给谁饮呢?

◇◇ 多少年了,生命中走失过多少的人和事,再不相见。唯它,年年如期而至,从不背弃,亦不爽约。你很感动,生命中终有赤诚可信。

我们该为一些花鼓掌。

譬如，油菜花。

譬如，葱兰。

譬如，婆婆纳。

譬如，木槿。

譬如，四季海棠。

我们该向一些花学习，纯粹而热烈地活上一回，不辜负春风，不辜负自己。

草世界，花菩提

花间小令

花间小令

油菜花

我们该为一些花鼓掌。

譬如,油菜花。

春天,我把吃剩的半棵油菜,随手丢在水碗里,想不到它竟在水碗里兀自生长起来,碧绿蓬勃,欢欣鼓舞。

我觉得有趣,搬它至窗台,那里,春风几缕,日日眷顾。三五日后,它撑出一撮一撮的花苞苞,精神抖擞着。再一日,我早起,看到的竟是一碗的黄灿灿——我水碗里的油菜花,已在不知不觉中,悄悄绽放了。

那是怎样的一种盛放啊,如井喷如泉涌,不管不顾,酣畅淋漓,是把整个心都捧出来的一场燃烧。虽远离原野,可它却一点也不沮丧,不气馁,拿水碗当舞台,一招一式都丝毫不马虎,瓣瓣染金,朵朵溢彩。

我在屋里转一圈,就又凑到它的跟前去了。什么时候见它,它都是一副热心肠,捧出所有的金黄,是恨不得为你粉身碎骨的。所有的油菜花,原都是女中豪杰。

我很想向一朵油菜花学习,纯粹而热烈地活上一回,不辜负春风,不辜负自己。

葱兰

葱兰这名字叫得好,又像葱又像兰。叶是葱绿,花是素白,墙角边蹲着,一排。或在花坛边立着,一圈。不吵不闹,安静恬淡,如乖巧的小女儿。

起初谁会注意到它呢?野草一般的,相貌实在平平。

我去收发室取信,路过图书楼,阴山背后就长了这么一棵。日日晴天,它却分享不到一点阳光,但它好像并不在意,照旧欢欢喜喜地生长着,绿莹莹的,如葱如韭。

后来的一天,花开了,小小的白,小白蛾似的,层出不穷地冒出来。在人的心上,扇动起讶异和温柔来,哦,它真是美!屋后的阴影，被它映照得一派明媚。

我摘一朵，带给收发室的大姐。大姐驼背，身体变形得厉害，据说是年少时一场病落下的。换作别人，早就自卑得不行，可她却活泼开朗，喜欢穿鲜艳的衣裳，喜欢摆弄头发，发型常换。每回见她，都是快快乐乐的，让你再灰暗的心，也跟着明快起来。

大姐把我送的花，很爱惜地用水杯养着。隔日再去，我人还未到近前，她就高兴地告诉我，你送的花还在开呀。去看，果真的，一小朵的白，在水杯里，盛放着，丝毫不减它的秀美。

它还有个别称叫韭菜莲，韭菜一样碧绿青翠，莲一样不蔓不枝，清新脱俗。亦是很形象很贴切。

婆婆纳

每次看到婆婆纳，我总忍不住要笑，是会心一笑。像见到一个可爱的人。

不管它只身在哪里，我都能一眼认出它。在云南的玉龙雪山上，在辽宁的冰峪沟里，或是在我的花盆中。花盆里一株杜鹃开得灼灼，它趴在杜鹃根旁，探着小小的脑袋，蓝粉的小脸，笑嘻嘻的。被杜鹃遮着挡着，亦不觉得委屈。

乡下广袤的田野里，沟边渠旁，到处有它。同属野草类，蒲公英和野蒿,长得又高挑又张扬,在风里招摇。它却内敛得很,趴在一丛茅草中,或是一棵桑树下,守着身下一片土,慢悠悠地,吐出一小片一小片的蓝,如锦,美得一点也不含糊。

我总要在它的名字上怔上一怔。婆婆纳,婆婆纳,是细眉细眼的小媳妇,孝顺、贤惠,一入婆家,就被婆婆喜着疼着。没有华衣美服,没有玉食金馔,也没有姣好容貌,却心灵手巧,踏踏实实,把一段简朴的小家日子,过得红红火火,活色生香。

这世上,多的是平凡人生,只要用心去过,一样可以花开如锦。

木槿

最初读《诗经》,我曾被"有女同车,颜如舜华"之句惊艳。这里的"舜华",指的是木槿花。如木槿花一样的女子,该是何等美好。

木槿,乡下人不当花,是当篱笆的,院边栽一排,任它在那里缠缠绕绕。它在五月里开始开花,一开就是大半年光景,朝开暮落,白白紫紫,讨喜的小女孩般的,巧笑倩兮,一派天真。现在想想,那时的乡下小院,虽贫瘠着,然有木槿护着,又是多么奢侈华丽。

如今,城里多植木槿,路边,河旁,常能遇见。满目的深绿浅绿中，三五朵紫红，三五朵粉白，分外夺目，让遇见的心，会欢喜起来，哦，木槿呢！

乡下却少有它的踪迹了，喜欢木槿的老一辈人，已一个一个离去。乡下小姑娘来城里，不识路旁的木槿，我耐心地告诉她，这是木槿啊，以前乡下多着的。

这么说着，鼻子突然莫名地有些酸涩。时光变迁，多少的人非物也非，好在还有木槿在，年年盛放如许。

它又名无穷花。我喜欢这个名，生命无穷尽，坚韧美丽，生生不息。

四季海棠

我站在邻居家的院门前，看花。

那里长一蓬我不认识的花，满铺的小圆叶之上，碎碎的花瓣，抱成一团，朵朵红艳，实在好看。

邻居说，这是四季海棠啊。

你要吗？她热情地相问。我尚未答话，她已弯腰，"咔嚓"一下，掰下一枝来——我都替它疼了。

邻居说，只要插到土里，它就能活。

依言插到土里。不几日，这一枝四季海棠，竟变成了一大棵，生出无数的枝枝丫丫来。又过些日子，一棵变成了很繁茂的一簇，把整个花池都撑满了。

它开始安安心心地开花。也不急,一次只开一两朵,一瓣一瓣,慢慢开,总要等到五六天后,一朵花才全部开好,每瓣都红透了。看着它,我总觉得它像极会过日子的小主妇,节俭简朴,细水长流。

有时,我一连好些天忘了看它,再去看时,它还是那副气定神闲的样子,不紧不慢地开着它的花,一捧的肥绿,托着两三团艳红。时光在它那里,仿佛泊在老照片里的一缕月色,静谧而悠长。

霜降过几回,都有冰冻了。耐寒的菊们,也萎了精神。它却仍枝叶饱满,花开灼灼。路过的人会惊奇地说一声,瞧这海棠!肃杀清冷的日子,变得不那么难挨了。

草世界，花菩提

佳句精选

◇◇ 所有的油菜花，原都是女中豪杰。

◇◇ 我很想向一朵油菜花学习，纯粹而热烈地活上一回，不辜负春风，不辜负自己。

◇◇ 葱兰这名字叫得好，又像葱又像兰。叶是葱绿，花是素白，墙角边蹲着，一排。或在花坛边立着，一圈。不吵不闹，安静恬淡，如乖巧的小女儿。

◇◇ 这世上，多的是平凡人生，只要用心去过，一样可以花开如锦。

◇◇ 它又名无穷花。我喜欢这个名，生命无穷尽，坚韧美丽，生生不息。

◇◇ 一捧的肥绿，托着两三团艳红。时光在它那里，仿佛泊在老照片里的一缕月色，静谧而悠长。

温暖的苇花

芦苇的花,最不像花,像是用轻软的丝絮絮出来的。

出城,逢到有河的地方,有沟的地方,就能看到它。不是一棵一棵单独生长,要长,就是一片,一群。挤挤挨挨,勾肩搭背,亲亲密密。它是最讲团结精神的。这一点,比人强。人有时喜欢离群索居,喜欢特立独行。所以,人容易孤独,而芦苇不。

风吹,满天地的苇花,齐齐地,朝着一个方向致意。它让我想起"蒹葭苍苍,白露为霜"那样的诗句来,那是极具苍茫寥廓、极具凄冷迷离的景象。可是,我眼前的苇花不,一点也不,我看到的,是一团一团的温暖。冬阳下,它像极慈眉善目的老妇人的脸,人世迢迢,历尽沧桑,终归平淡与平静。

草世界，花菩提

我一步一步下到河沿，攀了两枝最茂盛的苇花。一旁的农人经过，看我一眼，笑笑。走不远，复又回过头来看我一眼，笑笑。他一定好笑我的行为，采这个做什么呢！

我是要把它带回家的。家里有花瓶，靛青色的，上面拓印着一片一片肥硕的叶。这是我的一个学生，在江西读书，不远千里给我捎回来的。花瓶太大，没有花能配它。插两枝苇花进去，却刚刚好。苇花伸出长长的脖颈，在我的花瓶上方笑，绵软、温柔，一团和气。

来我家的人看到，惊奇一声，这不是芦苇吗！

当然是。寻常的物，换了一个环境，就显出不寻常来。有句话讲，环境造就人。其实，环境也造就物的。

我的老父亲看到，却"哧哧"笑出声来。他说，丫头，亏你想得出。我知道父亲笑什么，老家遍地芦苇，没人拿它当宝贝的。

冬天，农闲。家家要做的事，就是去沟边河边割芦苇，运回家当柴火。一丛一丛的芦苇倒下，苇花受了惊吓，噗噗噗，四下飞散，飞絮满天。农人的头上身上，都沾满苇花。他们把它当尘一样的，随便拍拍，轻描淡写。弯腰，却在小鸟用苇花垒成的窝里，捡到几只还温热着的鸟蛋。他们很高兴地把鸟蛋揣进怀里，哪里顾得上半空中鸟的凄凄鸣叫呢？他们的眼前，晃过家里几个孩子的小脸。请原谅，贫穷年代，那是孩子的美食。

我的祖母用苇花絮过枕头和尿垫。她称苇花叫茅花。那个时候,天冷得嘎嘎叫啊,我的手冻得裂了口子,还是一条沟一条沟去摘茅花,摘回来给你爸絮枕头,絮尿垫。茅花软平平的,我的儿子枕在上面睡在上面就不冷了——祖母每说到这儿就停下来,眼神里波光乍现。她想起她初为人母的幸福时光了,多遥远哪。而我,总会在她的话里,发好一会儿的呆。我转身,看着头发已渐灰白的父亲想,这么老的父亲,也是被他的母亲疼大的。人类之所以能够生生不息,就是因为这样的爱啊,年年复年年。如苇花。

也见过村人用苇花编毛窝的。一枝一枝的苇花编出的毛窝,像毛茸茸的小船儿。天寒地冻的天,冻僵的双脚,伸进毛窝里,又轻软,又暖和。人被冻僵的神经,也一下子活络起来。贫穷年代,它默默无闻地,温暖了多少双脚啊!

现在,毛窝已很少见了。今年,我去一个山沟沟游玩,在一间供游人游览的旧作坊里,赫然见到毛窝。它们被染成五颜六色,一双一双穿在一起,挂在墙上,成了艺术品。

佳句精选

◇◇ 芦苇的花,最不像花,像是用轻软的丝絮絮出来的。

◇◇ 风吹,满天地的苇花,齐齐地,朝着一个方向致意。

◇◇ 冬阳下,它像极慈眉善目的老妇人的脸,人世迢迢,历尽沧桑,终归平淡与平静。

◇◇ 一枝一枝的苇花编出的毛窝,像毛茸茸的小船儿。天寒地冻的天,冻僵的双脚,伸进毛窝里,又轻软,又暖和。人被冻僵的神经,也一下子活络起来。

有美一朵，向晚生香

朋友说，她家小院里的桃花开了。她是当作喜讯告诉我的。"来看看？"她相邀。

自然去。每年的春天，我都是要追着桃花看的。春天的主角，离不了它。所谓桃红柳绿，桃花是放在第一位的。

桃花勾人魂。它总是一朵一朵，静悄悄地，慢条斯理地开，内敛，含蓄。虽不曾浓墨重彩地吸人眼球，却偏叫人难忘。是小家碧玉，真正的优雅与风情，在骨子里。

看桃花，总不由自主地想起一首写桃花的诗："去年今日此门中，人面桃花相映红。人面不知何处去，桃花依旧笑春风。"诗人崔护，在春风里，丢了魂。邂逅的背景，真是旖旎：草长莺飞,桃花烂漫,山间小屋,独门独户。桃花只一树吧?够了。一树的桃花,嫩红水粉,映衬着小屋。天地纯洁。诗人偶路过,先是被一树桃花牵住了脚步,而后被桃花下的人,牵住了心。

姑娘正当年呢。山野人家,素面朝天,却自有水粉的容颜,水粉的心。她从花树下走过,一步一款款。他看得眼睛发直,疑是仙子下凡来。四目相对的刹那,心中突然波澜汹涌,是郎情妾意了。三月的桃花开在眼里,三月的人,刻在心上。从此,再难相忘。翌年之后,他回头来寻,却不见当日那人,只有一树桃花,在春风里,兀自喜笑颜开。

这才真叫人惆怅。现实最让人无法消受的,莫过于如此的物是人非。

年轻时,总有几场这样的相遇吧。那年,离大学校园十来里路的地方,有桃园。春天一到,仿若云霞落下来。一宿舍的女生相约着去看桃花,车未停稳,人已扑向花海,倚着一树一树的桃花,笑得千娇百媚。猛抬头,却看到一人,远远站着,盯着我看。年轻的额头上,落满花瓣的影子。我的血管突然发紧,心跳如鼓,假装追另一树桃花看,笑着跳开去。转角处,却又相遇。他到底拦住了我问:"你是哪个学校哪个班的?"我低眉笑回:"不知道。"三月的桃花迷了眼。

以为会有后续的。回学校后,天天黄昏,跑去校门口的收发室,盼着有那人的信来,思绪千转万回。等到桃花落尽,那人也没有来。来年再去看桃花，陡然生出难过的感觉。

还是那样的年纪，去亲戚家度假。傍晚时分，在一条河边徜徉。河边多树，多草，多野花，夕照的金粉，洒了一地。隔河，也有一青年，在那里徜徉。手上有时握一本书，有时持一钓竿，却没看见他垂钓。

一日，隔了岸，他冲我招手："嗨。"我也冲他招手："嗨。"仅仅这样。

后来，我回了老家。再去亲戚家，河还在，多树，多草，多野花，夕照的金粉，洒了一地。却不见了那个青年。

还是感谢那些相遇，在我生命的底色上，抹上一朵粉红，于向晚的风里，微微生香。青春回头，不觉空。

真想，在桃花底下，再邂逅一个人，再恋爱一回。朋友说："你这样想，说明你已经老了。"

"是吗？"笑。岁月原是经不起想的，想着想着，也真的老了。年轻时的事，变成花间一壶酒，温一温唇，湿一湿心，这人生，也就过来了。

佳句精选

◇◇ 每年的春天,我都是要追着桃花看的。春天的主角,离不了它。所谓桃红柳绿,桃花是放在第一位的。

◇◇ 桃花勾人魂。它总是一朵一朵,静悄悄地,慢条斯理地开,内敛,含蓄。虽不曾浓墨重彩地吸人眼球,却偏叫人难忘。是小家碧玉,真正的优雅与风情,在骨子里。

◇◇ 还是感谢那些相遇,在我生命的底色上,抹上一朵粉红。于向晚的风里,微微生香。青春回头,不觉空。

◇◇ 岁月原是经不起想的。想着想着,也真的老了。年轻时的事,变成花间一壶酒,温一温唇,湿一湿心,这人生,也就过来了。

棉花的花

纸糊的窗子上,泊着微茫的晨曦,早起的祖母,站在我们床头叫:"起床啦,起床啦,趁着露凉去捉虫子。"

这是记忆里的七月天。

七月的夜露重,棉花的花,沾露即开。那时棉田多,很有些一望无际的。花便开得一望无际了。花红,花白,一朵朵,娇艳柔嫩,饱蘸露水,一往情深的样子。我是喜欢那些花的,常停在棉田边,痴看。但旁的人,却是视而不见的。他们在棉田里,埋头捉虫子。虫子是息在棉花的花里面的棉铃虫,有着带斑纹的翅膀,食棉花的花、茎、叶,害处大呢。这种虫子夜伏昼出,清晨的时候,它们多半还在酣睡中，敛了翅，伏在花中间，一动不动，一逮一个准。有点任人宰割。

我也去捉虫子。那时不过五六岁，人还没有一株棉花高，却好动。小姑姑和姐姐去捉虫子，很神气地捧着一只玻璃瓶。我也要，于是也捧着一只玻璃瓶。

可是，我常忘了捉虫子，我喜欢待在棉田边，看那些盛开的花。空气中，满是露珠的味道，甜蜜清凉。花也有些甜蜜清凉的。后来太阳出来，棉花的花，一朵一朵合上，一夜的惊心动魄，华丽盛放，再不留痕迹。满田望去，只剩棉花叶子的绿，绿得密不透风。

捉虫子的人，陆续从棉田里走出来。人都被露水打湿，清新着，是水灵灵的人儿了。走在最后的，是一男一女，年轻的。男人叫红兵，女人叫小玲。

每天清早起来去捉虫子，我们以为很早了，却远远看见他们已在棉田中央，两人紧挨着。红兵白衬衫，小玲红衬衫，一白一红。是棉田里花开的颜色，鲜鲜活活跳跃着，很好看。

后来村子里风言，说红兵和小玲好上了。说的人脸上现出神秘的样子，说曾看到他们一起钻草堆。母亲就叹，小玲这丫头不要命了，怎么可以跟红兵好呢？

家寒的人家，却传说曾是富甲一方的大地主，有地千顷，佣人无数。在那个年代,自然要被批被斗。红兵的父亲不堪批斗之苦,上吊自杀。只剩一个母亲,整日低眉顺眼地做人。小玲的家境却要好得多,是响当当的贫下中农不说,还有个哥哥,在外做官。

小玲的家人,得知他们好上了,很震怒。把小玲吊起来打,饿饭,关黑房子……这都是我听来的。那时村子里的人,见面就是谈这事,小着声,生怕惊动了什么似的。这让这件事本身,带了灰暗的色彩。

再见到红兵和小玲,是在棉花地里。那时,七月还没到头呢,棉花的花,还是夜里开,白天合。晨曦初放的时候,我们还是早早地去捉棉铃虫。我还是喜欢看那些棉花的花,花红,花白,朵朵娇艳。那日,我正站在地中央,呆呆对着一株棉花看,就看到棉花旁的条沟上,坐着红兵和小玲,浓密的棉叶遮住他们,他们是两个隐蔽的人儿。他们肩偎着肩,整个世界很静。小玲突然看到我,很努力地冲我笑了笑。

刹那间,有种悲凉,袭上我小小的身子。我赶紧跑了。红的花,白的花,满天地无边无际地开着。

不久之后,棉花不再开花了,棉花结桃了。九月里,棉桃绽开,整个世界,成柔软的雪白的海洋。小玲出嫁了。

这是很匆匆的事情。男人是邻村的,老实,木讷,长相不好看。第一天来相亲，第二天就定下日子，一星期后就办了婚事。没有吹吹打打，一切都是悄没声息的。

据说小玲出嫁前哭闹得很厉害，还用玻璃瓶砸破自己的头。这也只是据说。她嫁出去之后，很少看见她了。大家起初还议论着，说她命不好。渐渐的，淡了。很快，雪白的棉花，被拾上田岸。很快，地里的草也枯了，天空渐渐显出灰白，高不可攀的样子。冬天来了。

那是1977年的冬天，好像特别特别冷，冰凌在屋檐下挂有几尺长，太阳出来了也不融化。这个时候，小玲突然回村了，臂弯处，抱着一个用红毛毯裹着的婴儿，是个女孩。女孩的脸型长得像红兵。特别那小嘴，简直一个模子刻出来的，村人们背地里都这样说。

红兵自小玲回村来，就一直窝在自家的屋子里，把一些有用没用的农具找出来，修理。一屋的乒乒乓乓。这以后，几成规律，只要小玲一回村，红兵的屋子里，准会传出乒乒乓乓的声音，经久持续。他们几乎从未碰过面。

却还是有意外。那时地里的棉花又开花了，夜里开，白天合。小玲不知怎的一人回了村，在村口拐角处，碰到红兵。他们面对面站着，站了很久，一句话也没说。后来一个往东，一个往西，各走各的了。村人们眼睁睁瞧见，他们就这样分开了，一句话也没有地分开了。

红兵后来一直未娶。前些日子我回老家，跟母亲聊天时，聊到红兵。我说他也老了罢？母亲说，可不是，背都驼了。我的眼前晃过那一望无际的棉花的花，露水很重的清晨，花红，花白，娇嫩得仿佛一个眼神就能融化了它们。母亲说，他还是一个人过哪，不过，小玲的大丫头认他做爹了，常过来看他，还给他织了一件红毛衣。

草世界，花菩提

佳句精选

◇◇ 七月的夜露重，棉花的花，沾露即开。那时棉田多，很有些一望无际的。花便开得一望无际了。花红，花白，一朵朵，娇艳柔嫩，饱蘸露水，一往情深的样子。

◇◇ 后来太阳出来，棉花的花，一朵一朵合上，一夜的惊心动魄，华丽盛放，再不留痕迹。

◇◇ 很快，地里的草也枯了，天空渐渐显出灰白，高不可攀的样子。冬天来了。

◇◇ 我的眼前晃过那一望无际的棉花的花，露水很重的清晨，花红，花白，娇嫩得仿佛一个眼神就能融化了它们。

豌菜头

喜欢一道素菜——清炒豌菜头。

看过不少美食家写美食，品种繁多，却少有豌菜头的影子。连深谙吃之道的汪曾祺，也不过是在一长列的菜里头，极吝啬地一笔带过，素炒豌豆苗，便完了。好像华丽舞台上，一大群伴舞的女孩子里，那个极不起眼的，荧光镜头一掠而过，尚未看清她的眉毛眼睛，她已被湮没。一曲终了后，谁会想起她？

乡下人却爱极它。秋凉的时候，谁家不种一畦豌豆？冬天，地里的土冻得结实，它却喜眉喜眼地生长着，圆润的叶，一点一点丰满起来，碧绿或翠绿，也有的颜色是紫红的。这个时候，一根一根掐下它来，水绿盈手，嫩得起泡泡儿。回家，放点油盐，

草世界，花菩提

爆炒，桌上就有了一道清炒豌菜头。一筷子下去，满筷青翠，清新绕鼻，绕舌，绕心。

它的吃法不多，除了清炒外，就是做衬菜了。一大碗狮子头，上面点缀一蓬豌菜头。端上桌，没人动里面的狮子头，都抢着吃那一蓬碧绿。不事雕饰的豌菜头，反而抢了主角风光。

豌菜头还可以做腌菜。做法也不复杂，洗净了，一层一层码上盐，用坛子装了，密密封。过些时日，揭开坛口，原先一坛的碧绿，已变成一坛的金黄。挑一根吃，脆嫩脆嫩，微酸中，带了甜味。乡人们会说，腌得多好，黄爽爽的啊。这个"黄爽爽"用得形象极了，是黄得爽快，金灿灿欲滴，怕是任何诗人也想不出这个词来。难怪民间歌谣《诗经》会那么脍炙人口，原来，越接近生命本质的东西，越容易久长，纵使隔着几千年的烟雨，也不会褪色。

我每年春节回老家拜年，母亲必备多多的豌菜头。竹篮子里堆得满满的，是母亲佝偻着身子，伏在地里，不顾严寒，一根一根，用手掐下来的。母亲清炒，或者做了衬菜给我吃，我总是吃得盘底朝天。在我，爱吃豌菜头是一方面，另一方面，我想让母亲欢喜。天下母亲都同一理，儿女的欢喜，就是她们的欢喜。那么，我表现出的欢喜，对母亲来说，就是安慰，就是幸福。

菜市场里，卖豌菜头的，都是些乡下老妇人。她们有着一张沧桑而慈祥的脸，她们的笑容谦和质朴，让你很自然地联想到乡下的老母亲，跟她们有亲近的欲望。她们卖菜不顶真，秤杆翘得高高的，临了，还要再添上一把菜给你，说，不是刀割的，是用手掐的，一根一根掐的，嫩着呢。

吃腻了鸡鸭鱼肉，炒一盘这样的豌菜头上桌，食欲会大增，人会莫名地快乐起来。从来故乡的味道，都是最能抚慰人心的。

当豌菜头老了，不能再做菜蔬吃时，就等着它开花、结果。它开的花，相当漂亮，像翩跹的蝴蝶，乳白，紫红，一朵朵，翘立在藤蔓上。花谢，豌豆荚慢慢成形。这时候，可以炒嫩豌豆荚吃了。也可以用嫩豌豆荚烧肉，清香无比。

草世界，花菩提

佳句精选

◇◇ 冬天，地里的土冻得结实，它却喜眉喜眼地生长着，圆润的叶，一点一点丰满起来，碧绿或翠绿，也有的颜色是紫红的。这个时候，一根一根掐下它来，水绿盈手，嫩得起泡泡儿。

◇◇ 乡人们会说，腌得多好，黄爽爽的啊。这个"黄爽爽"用得形象极了，是黄得爽快，金灿灿欲滴，怕是任何诗人也想不出这个词来。

◇◇ 原来，越接近生命本质的东西，越容易久长，纵使隔着几千年的烟雨，也不会褪色。

◇◇ 天下母亲都同一理，儿女的欢喜，就是她们的欢喜。

◇◇ 从来故乡的味道，都是最能抚慰人心的。

荠菜 卿卿

开过花的泥盆里,不知何时,竟冒出一棵荠菜来。等我发现时,荠菜已很荠菜的样子了,碧绿粉嫩,活活泼泼,直把我的花盆当故乡。我没舍得拔去,一任它自由生长,等着它开花。辛弃疾写,"春在溪头荠菜花"。在我,是春在泥盆荠菜花了。

因这棵荠菜,家里的对话又多了许多。常常是在茶余饭后,我和那人踱步过去,站定在花盆前,四只眼睛齐齐地,笑微微地看着这棵荠菜。荠菜肥嘟嘟的,像鼓着小嘴儿在吹气泡的小人儿。我唤它,荠菜卿卿。我们商量着,是不是摘下它来炒了吃。当然,这是说笑了,我哪里舍得?这棵荠菜里,住着我的故乡。看到它,心里总不由自主往上泛着亲切感,是恨不得拥抱的,惊喜交加地叫一声，是你啊！——是久别重逢。

对荠菜，是熟稔到骨子里的。乡下长大的孩子，有几个没跟荠菜亲过？过去，乡下人家改善伙食，用荠菜烧豆腐，就是一道美味佳肴了，会让孩子们幸福好几天。若是把荠菜剁碎了做馅，包成春卷，包成饺子，那更是不得了了，孩子们会因之雀跃，在村子里到处显摆，我家今天吃荠菜饺子了。

我还吃过荠菜烧的玉米粥。祖母爱这样烧，把荠菜剁得碎碎的，加上玉米糁，加上淀粉，再打点蛋清进去，烧出一锅的绿糊糊，香得缠牙。长大后看东坡逸事，看到东坡喜食用荠菜做成的羹，人称东坡羹，我笑了。我的祖母不知世上从前还有个苏东坡，她烧的荠菜玉米粥，应称作祖母羹了。

荠菜好吃，好吃在野。完完全全的天赐之物，吸尽天地之精华。初春，别的植物们才大梦初醒，正揉着眼睛恍惚呢，荠菜们早已生气勃勃，精力旺盛地绿着。在沟边，在田野里，在坡上，到处都可觅到它们青绿的身影。

觅？对。荠菜的性情有点像孩子的性情，天真可爱，自由自在，无拘无束。调皮的孩子是一刻也坐不住的，你不过才眨了一下眼，孩子便跑不见了，满天地撒着欢呢。乡下人对这，宽容得近乎宠溺。春风招摇，女人们提了篮子，四下里去挑荠菜，弯腰屈膝寻大半天，也才挑了小半篮子。她们不恼，笑嘻嘻的，心里欢喜得很。四野辽阔，天长云白，这寻觅的乐趣，让微波不荡的人生，变得活泼起来。

朋友家在郊外，有良田二三亩。这个春天，他邀我们去他家吃荠菜饺子。当一只只胖胖的荠菜饺子盛上桌，朋友无比自豪地介绍，放心吃吧，这是纯天然的，是我和我老婆两个人，伏在地里，一棵一棵挑出来的。

朋友这么说着时，他老实憨厚的妻，一直立在一边笑吟吟。我们心里，生出无限感慨来。当年，朋友爱上了别的女人，婚姻曾一度搁浅，几经曲折，到底回归了。看看，俗世的爱，就是这样的。亲爱的，我们一起挑荠菜去吧。

草世界，花菩提

佳句精选

◇◇ 荠菜肥嘟嘟的，像鼓着小嘴儿在吹气泡的小人儿。

◇◇ 荠菜好吃，好吃在野。完完全全的天赐之物，吸尽天地之精华。

◇◇ 四野辽阔，天长云白，这寻觅的乐趣，让微波不荡的人生，变得活泼起来。

◇◇ 看看，俗世的爱，就是这样的。亲爱的，我们一起挑荠菜去吧。

艾草香

对艾草,是老相识了。

乡村的沟沟渠渠里,一是艾草多,一是芦苇多。它们在那里熙熙攘攘,自枯自荣,世世代代。除了偶尔飞过的鸟雀,平时大概再没有谁会惦念它们。但乡人们都知道,它们在呢,就在那片沟渠里,枕着风,傍着水,枝繁叶茂,不离不舍。一到端午,家家户户门窗上都插上了艾草,满村荡着艾草香。

羊却不爱吃,猪也不爱吃,大概都是嫌它气味的霸道。它是草里的另类,做不到清淡,从根到茎,从茎到叶,气味浓烈得汹涌澎湃,有种豁出去的决绝。采艾的手,清水里洗过好多遍了,那艾草的味道,还久久停留在手上,不肯散去。苦中带香,香中带苦，你根本分不清到底是苦多一些，还是香多一些。苦乐年华，它一肩扛了。

所以，它独特，在传统的民俗里，万古长存。早在《诗经》年代，就有了"彼采艾兮"的吟唱。说是唱爱情呢，我却觉得是唱它。它被人们赋予了神圣，用以寄托愁思，聊解忧伤。

南朝梁宗懔的《荆楚岁时记》中也曾有记载："五月五日采艾为人，悬门户上，以禳毒气。"说的是端午节这天，人们争相采艾，扎成人的模样，悬挂于大门之上，以消除毒气灾殃。不过是普通植物，却担当起驱毒辟邪的重任，这是艾草的本事了。有时，保持个性，坚守自己，方能脱颖而出。在这一点上，我们人类，得向一棵艾草学习。

可能是小时的记忆作怪，多少年来，我一直以为艾草只在水边生长——这是我的孤陋了。福建有文友说，在他们家乡，漫山遍野都长着艾草。三月里，艾草正鲜嫩，人们采了它，拌上糯米粉，包上芝麻、白糖做馅，蒸熟，即成艾草糍粑。咬上一口，香软甘甜，鲜美无比。这吃法让我惊异，有尝试的欲望。想着，等来年吧，等三月天，一定去采了艾草回来吃。

小区里，爱种花的陈爹，在他的小花圃里，种上了艾。六月的天空下，一丛红粉之中，它遗世独立的样子，让人一眼认出，这不是艾草吗！

陈爹笑，眼光缓缓地落在它上面，说，是啊，是艾草啊。

种这个做什么呢？问的人显然有些好奇了。

陈爹不急着作答，他弯腰，眯着眼睛笑，伸手拨弄一下那些艾。他说，可以驱虫的。你看，它旁边的花长得多好，不怕虫叮。

哦——围观的人一声惊呼，恍然大悟，原来，它做了护花使者。

陈爹种的艾草，现在正插在我家的门上。不多，一棵，茎与叶几乎同色，灰白里，浸染了淡淡的绿。香味很地道，开门关门的当儿，它总是扑鼻而至，浓烈，纯粹。这是陈爹送的。他爬了很高的楼梯，一家一家分送。他说，要过端午节了，弄棵艾你们插插。

我不时地望望，闻闻，心里有欢喜。端午的粽子我早已不爱吃了，然过节的气氛，却一点没削减，因了这一棵温暖的艾。

草世界，花菩提

佳句精选

◇◇ 但乡人们都知道，它们在呢，就在那片沟渠里，枕着风，傍着水，枝繁叶茂，不离不舍。

◇◇ 它是草里的另类，做不到清淡，从根到茎，从茎到叶，气味浓烈得汹涌澎湃，有种豁出去的决绝。

◇◇ 苦中带香，香中带苦，你根本分不清到底是苦多一些，还是香多一些。苦乐年华，它一肩扛了。

◇◇ 有时，保持个性，坚守自己，方能脱颖而出。

任性的水仙

每年冬天,我都会去街上,买上一两盆的水仙回来长。这几成惯例。

倘若哪一年忘了买,心里会极不踏实,总觉得家里少了点什么。即便是到了年脚下,也还是要专门跑出去一趟买。满街的水仙都长高了,都打花苞苞了,有好多的都盛开了。花贩数着花朵卖。看,这棵上有五朵花苞,这棵上有六朵花苞。你真会挑,这么多花苞苞啊,搁家里,开起来多香哪。一朵三块钱,三五一十五,三六一十八,啊,算便宜点给你吧,两棵你就给三十块钱好了。花贩舌灿若莲。

我持着花,犹豫着,都长这么高了!都长这么高了!心里惋

草世界，花菩提

惜着。

我其实，更想买到水仙花球，回来慢慢长。

水仙花球很像一个谜。不，不，它就是一个谜。你根本不知道它紧裹着的小身体内，到底藏着几朵花的梦。你把它养在一杯水里。装它的容器是不择的，用碗，用纸杯，用罐头瓶子，它都能很快驻扎下来，随遇而安，苦乐自知。

然后，你基本上不用管它了，任它自个儿倒腾着去吧。记起它的时候，就去看看它，你也总能碰到小欢喜。昨天看时，它冒出两颗小芽芽了。今天再去看时，它已抽长出枝叶。枝叶也就开始疯了般地长，越长越密，越长越肥，越长越高。它走过它的童年、少年，直奔着花样年华而去。

花骨朵是什么时候打的？那完全是在你的眼皮子底下，偷偷进行着的，你竟说不清。等你发现时，肥绿的枝叶下，翡翠珠儿似的花苞苞，已在一眨一眨地看着你。这也没什么可遗憾的，唯有这说不清，才叫人惊喜吧。是不请不约的意外相遇。

到这个时候，我以为，水仙已度过它最好的前半生。接下来，毫无悬念可言了，每朵花苞苞，都会怒放，都会香得透心透肺、淋漓尽致。

它香起来的时候，我就有些忧愁了，是美人迟暮，想留也留不住。好在还有来年可等，来年，它又是好花一朵朵，开遍寻常百姓家。

以前我在乡下小镇生活，认识一个老中医，他特爱长水仙。每年冬天，他家堂屋的条几上，一溜排开的，全是水仙花，足足有十多盆。他的水仙长得特别，像专门挑拣过似的，不高不矮，不胖不瘦，有型有款。葱绿的枝叶，托起小花三五朵，幽幽吐香，脉脉含情，真正当得了诗里面夸的"凌波仙子生尘袜，水上轻盈步微月"。

问他讨过经验。他说，水要适度，阳光要适度，营养要适度。这"适度"，不是人人都能掌控的。我家的水仙，也便还是由着它的性子长了，乱蓬蓬的一堆叶，乱蓬蓬的一团香，失了仙气，倒像一率真任性的乡下疯丫头。这样也好，它保持了它最原始的本真。

草世界，花菩提

佳句精选

◇◇ 水仙花球很像一个谜。不，不，它就是一个谜。你根本不知道它紧裹着的小身体内，到底藏着几朵花的梦。

◇◇ 它香起来的时候，我就有些忧愁了，是美人迟暮，想留也留不住。

◇◇ 我家的水仙，也便还是由着它的性子长了，乱蓬蓬的一堆叶，乱蓬蓬的一团香，失了仙气，倒像一率真任性的乡下疯丫头。这样也好，它保持了它最原始的本真。

老人与花

老人种了一些花，在屋角后。

老人的屋后，是一条东西横亘的小径，小区里的人，出出进进，都从那里过。老式小区，居住简陋。小径两旁，多的是撂空的地方，少有人管理，任由杂草啥的胡乱长着，这儿牵一串野葛藤，那儿趴一堆婆婆纳。唯有老人的屋后，四季明艳，色彩缤纷。

我每从那儿走过，眼光都会不由自主落到那些花上面。月季是天天见着的，花朵儿硕大丰腴，一株橘红，一株明黄。还有一株，乳白色的，花瓣儿如凝脂。饱食终日的好模样。四五月份，老人的屋后，是鸢尾花的天下。蝴蝶一样的鸢尾花，扑扇着紫色

草世界，花菩提

的大翅膀，在人的心中，扇动起一圈一圈的温柔。到了七八月份，凤仙花和太阳花，你追我赶地盛开了，占尽颜色。

现在呢？秋渐凉，树上的叶，随着晚来的风，一片一片落。懒婆娘花和一串红，却正当好年华。它们不分彼此地缠绵在一起，粉红配大红。最是傍晚时分，懒婆娘花精神焕发地登场了，叭叭叭，一朵一朵粉色的花朵，吹吹打打地开了，热闹无限。你站定在它们身旁，仿佛就听到它们的欢笑，叮叮当当。还有什么不愉快的事，值得牵肠挂肚的？你最好向一朵花学习，快乐地绽放是最重要的，其他的，都可以忽略不计。空气中，满溢着懒婆娘花的香和一串红的甜。秋凉的黄昏，亲切起来，温馨起来。

这个时候，老人必在。老人衣着整洁，头上灰白的发，抿得纹丝不乱。他在那些花跟前，弯下腰去，一朵一朵细细查看，眉眼里，盛着笑意。他很满意这些花如此欢快地开，而花们，也因了他的注目，更显明艳。夕阳的尾巴，拖得长长的，在老人身上，在花们身上，划过一道一道金色光芒。自然是有感知的，懂得感恩，无论是一株草，还是一朵花，你施与它关爱的恩泽，它回报你的，必是倾尽全力的蓬勃。

路过的人，会停下脚步看一会儿花，微笑着和老人打招呼：

"陈爹，赏花哪？"

"嗯，来看看，它们开得多好啊。"

"是陈爹你照料得好啊。"

"呵呵。"

"呵呵。"

人的声音去远了,老人还待在那些花旁边。直到夜色四合,花与暮色,融为一体。

某天,我被懒婆娘花牵了去,用手机给它们拍照。老人突然站在我身后,问:"你看,这些花好看吧?"我答:"嗯,好看。"老人接着问:"你知道它们叫什么名字吗?"我说:"懒婆娘花呗。"老人笑了:"它可一点不懒,它们还有个名字呢,叫胭脂花。"被这个名字惊艳,再定睛细看,可不是嘛,一朵一朵粉色花朵,像胭脂涂在腮旁。老人得意,背了双手,围着花转。浑身上下,洋溢着孩子般的明净。

一日,突然听人谈起这个老人,说他是个退休老师,早些年,老伴就走了。唯一的儿子,也在前年,病死。而他自己,因患眼疾,失明已近十年了。

草世界，花菩提

佳句精选

◇◇ 蝴蝶一样的鸢尾花，扑扇着紫色的大翅膀，在人的心中，扇动起一圈一圈的温柔。

◇◇ 最是傍晚时分，懒婆娘花精神焕发地登场了，叭叭叭，一朵一朵粉色的花朵，吹吹打打地开了，热闹无限。你站定在它们身旁，仿佛就听到它们的欢笑，叮叮当当。还有什么不愉快的事，值得牵肠挂肚的？你最好向一朵花学习，快乐地绽放是最重要的，其他的，都可以忽略不计。

◇◇ 自然是有感知的，懂得感恩，无论是一株草，还是一朵花，你施与它关爱的恩泽，它回报你的，必是倾尽全力的蓬勃。

一朵栀子花

　　从没留意过那个女孩子，是因为她太过平常了，甚至有些丑陋——皮肤黝黑，脸庞宽大，一双小眼睛老像睁不开似的。

　　成绩也平平，字写得东扭西歪，像被狂风吹过的小草。所有老师极少关注到她，她自己也寡言少语。以至于有一次，班里搞集体活动，老师数来数去，还差一个人。问同学们缺谁了，大家你瞪我，我瞪你，就是想不起来缺了她。其时，她正一个人伏在课桌上睡觉。

　　她的位子，也是安排在教室的最后边，靠近角落。她守着那个位子，仿佛守住一小片天，孤独而萧索。

　　某一日，课堂上，我让学生们自习，我则在课桌间不断来回走动，以解答学生们的疑问。当我走到最后一排时，稍一低头，突然闻到一阵花香，浓稠的，蜜甜的。窗外的风正轻拂，是初夏的一段和煦时光。教室门前，一排广玉兰，花都开好了，一朵一朵硕大的花，栖在枝上，白鸽似的。我以为，是那种花香，再低头闻闻，不对啊，分明是我身边的，一阵一阵，固执地绕鼻不息。

我的眼睛搜寻了去，发现一朵凝脂样的小白花，白蝶似的，落在她的头发里面。是栀子花呀，我最喜欢的一种花。忍不住向她低了头去，笑道："好香的花！"她当时正在纸上信笔涂鸦，一道试题，被她肢解得七零八落。闻听我的话，她显然一愣，抬了头怔怔看我，当看到我眼中一汪笑意，她的脸色，迅速潮红，不好意思地嘴一抿。那一刻，她笑得美极了。

余下的时间里，我发现她坐得端端正正，认真做着试题。中间居然还主动举手问我一个她不懂的问题，我稍一点拨，她便懂了。我在心里叹，原来，她也是个聪明的孩子啊。

隔天，我发现我的教科书里，不知什么时候多了一朵栀子花。花含苞，但香气却裹也裹不住地漫溢出来。我猜是她送的。往她座位看去，便承接住了她含笑的眼。我对她笑着一颔首，是感谢了。她脸一红，再笑，竟有着羞涩的妩媚。其他学生不知情，也跟着笑。我对她眨眨眼，不解释，守着这个秘密，她知道，我知道。

在这个秘密守候下,她发生了翻天覆地的变化,活泼多了,爱唱爱跳,同学们都喜欢上她。她的成绩也大幅度提高,让所有教她的老师,再不能忽视。大家都惊讶地说:"呀,看不出这孩子,还挺有潜力的呢。"

几年后,她出人意料地考上一所名牌大学。在一次寄给我的明信片上,她写着这样一段话:"老师,我有个愿望,想种一棵栀子树,让它开许多许多漂亮的栀子花。然后,一朵一朵,送给喜欢它的人。那么这个世界,便会变得无比芳香。"

是的是的,有时,对一些人来说,无须整座花园,只要一朵栀子花。一朵,就足以美丽其一生。

草世界，花菩提

佳句精选

◇◇ 她守着那个位子，仿佛守住一小片天，孤独而萧索。

◇◇ 窗外的风正轻拂，是初夏的一段和煦时光。教室门前，一排广玉兰，花都开好了，一朵一朵硕大的花，栖在枝上，白鸽似的。

◇◇ 往她座位看去，便承接住了她含笑的眼。我对她笑着一颔首，是感谢了。她脸一红，再笑，竟有着羞涩的妩媚。

◇◇ 有时，对一些人来说，无须整座花园，只要一朵栀子花。一朵，就足以美丽其一生。

草的味道

下班,开着电瓶车,路边的草地新割了,散发出浓郁的草香。我有种冲动,想停了车,躺倒到草地上去,在那草香里打上几个滚。

怎么形容这香呢?还真说不好。它不似花香,染了脂粉味。它又不似露珠雨水,带着清凉。对,它似乎有种成熟了的谷物的味道,小麦,或是大豆。再闻,却又不是,它香得那么独特,风霜雨露、日月星辰的精华,全在里头。你不由得张大嘴,大口大口地猛吸,五脏六腑都被它灌得醉醉的,如饮佳酿。你猛然醒悟过来,它就是草香啊,用什么也比不了的。就像一个独特的人,你怎么看,他都与旁人不一样。他有他特有的气质,别人模仿不来。

　　这是秋冬的草。牛或羊，一整个冬天，都吃着这样的草。牛和羊的身上都是草香。

　　春天的草，则又是另一种味道。那些嫩绿的，柔弱的，不能碰，一碰就是一汪水啊。它们多像初生婴儿柔软的肌肤，浑身上下，散发出奶香。你走过它们身边时，你的心里，有了怜爱。

　　怜爱真是一种美好的人类情感。你拥有了这种情感，你会对整个世界，都充满善意。同样的，世界回报给你的，也将是美好和善良。

　　"青青河畔草，绵绵思远道"，我以为写的也是初春的草。这样的画卷，太容易让人沉溺。春回大地，小草甜蜜的气息，率先扑入人的鼻翼。独坐香闺中的女子，暗自吃了一惊，都春了吗？推开窗户，草色入帘青。屋旁的河畔，早已是蜂蝶纷飞。突然地，她悲上心头，远行的人啊，我等你等到草都绿了，你怎么还没有归？——草最担当得起这样的爱情和思念，自然，纯真，绵绵不绝，直叫人柔肠百结。

　　草也最是宽容，从不计较个人得失恩怨，你踩它、割它，甚至是放火烧它，它依然生长，散发出特有的清香。雨水越多，它越长得欢。所谓水肥草美，才是大自然最好的盛况。我在呼伦贝尔大草原，见识过这种盛况。

在那里，我跟着一棵草走啊走啊，走到呼伦湖，走到贝尔湖，走到根河去。两个老牧羊女坐在草地上。一旁的牛和羊，安详地啃着草。草地上开着或白或紫的花，东一朵西一朵的，像淘气的孩子，满地乱滚，无秩无序，却有种散漫的天真。我在草地里走，草生出牙齿来，咬我。咬我的，还有满地乱飞的蚊虫。

她们远远看着我笑，说，你应该穿长裤的呀，这儿的虫子多着呢。她们扎头巾，穿长衫长裤，脚蹬靴子，手握马鞭，坐在草地上，悠闲得像草地上开着的花。她们掐一根草，放在嘴里品咂，告诉我，我们这里的好多草，都是上等的草药呢，能治好多病的。问她们，那你们嘴里的草是啥味道呢？她们一齐笑了，答：就是草味呗，香。

她们说，野玫瑰也是一种草。马齿苋也是一种草。格桑花也是一种草。春天开花可好看了，红的，粉的，黄的，很大的一朵朵。她们这么说时，唇齿间，散发出草的香气，让我很想去拥抱她们。

我问她们可不可以拍照。她们很乐意，正正衣冠，端庄地对着我的镜头笑，笑得很像两棵草。

我的老家，也生长着众多的草。每次回家，我都会去看看它们。它们的名字，我一个也没有忘记，牛耳朵、苦艾、蒿子、茅、蒲公英、地阴草、一年蓬、乳丁草、婆婆纳……它们各有各的味道，闭起眼睛，我也能闻得出来——故乡的味道，那是烙进一个人的骨骼里的。

我很高兴它们一直在。它们在，我的故乡便在。

佳句精选

◇◇ 你猛然醒悟过来,它就是草香啊,用什么也比不了的。就像一个独特的人,你怎么看,他都与旁人不一样。他有他特有的气质,别人模仿不来。

◇◇ 这是秋冬的草。牛或羊,一整个冬天,都吃着这样的草。牛和羊的身上都是草香。

◇◇ 春天的草,则又是另一种味道。那些嫩绿的,柔弱的,不能碰,一碰就是一汪水啊。它们多像初生婴儿柔软的肌肤,浑身上下,散发出奶香。

◇◇ 怜爱真是一种美好的人类情感。你拥有了这种情感,你会对整个世界,都充满善意。同样的,世界回报给你的,也将是美好和善良。

◇◇ 所谓水肥草美,才是大自然最好的盛况。

◇◇ 故乡的味道,那是烙进一个人的骨骼里的。

图书在版编目（CIP）数据

草世界，花菩提 / 丁立梅著 . —北京：东方出版社，2021.4
（丁立梅散文精选集）
ISBN 978-7-5207-1901-8

Ⅰ . ①草… Ⅱ . ①丁… Ⅲ . ①散文集—中国—当代 Ⅳ . ①I267

中国版本图书馆 CIP 数据核字（2020）第 253792 号

丁立梅散文精选集：草世界，花菩提
（DINGLIMEI SANWEN JINGXUANJI:CAOSHIJIE,HUAPUTI）

作　　者：	丁立梅
策 划 人：	王莉莉
责任编辑：	张　旭　张彦君
产品经理：	张　伟
出　　版：	东方出版社
发　　行：	人民东方出版传媒有限公司
地　　址：	北京市西城区北三环中路 6 号
邮　　编：	100120
印　　刷：	鸿博昊天科技有限公司
版　　次：	2021 年 4 月第 1 版
印　　次：	2021 年 4 月第 1 次印刷
印　　数：	1—10000 册
开　　本：	880 毫米 ×1230 毫米　1/32
印　　张：	8
字　　数：	240 千字
书　　号：	ISBN 978-7-5207-1901-8
定　　价：	40.00 元
发行电话：	（010）85924663　85924644　85924641

版权所有，违者必究
如有印装质量问题，我社负责调换，请拨打电话：（010）85924728

草世界，花菩提